KB031436

명랑한
외출

명랑한 외출

김민혜
소설집

산지니

| 차례 |

정크
퍼포먼스

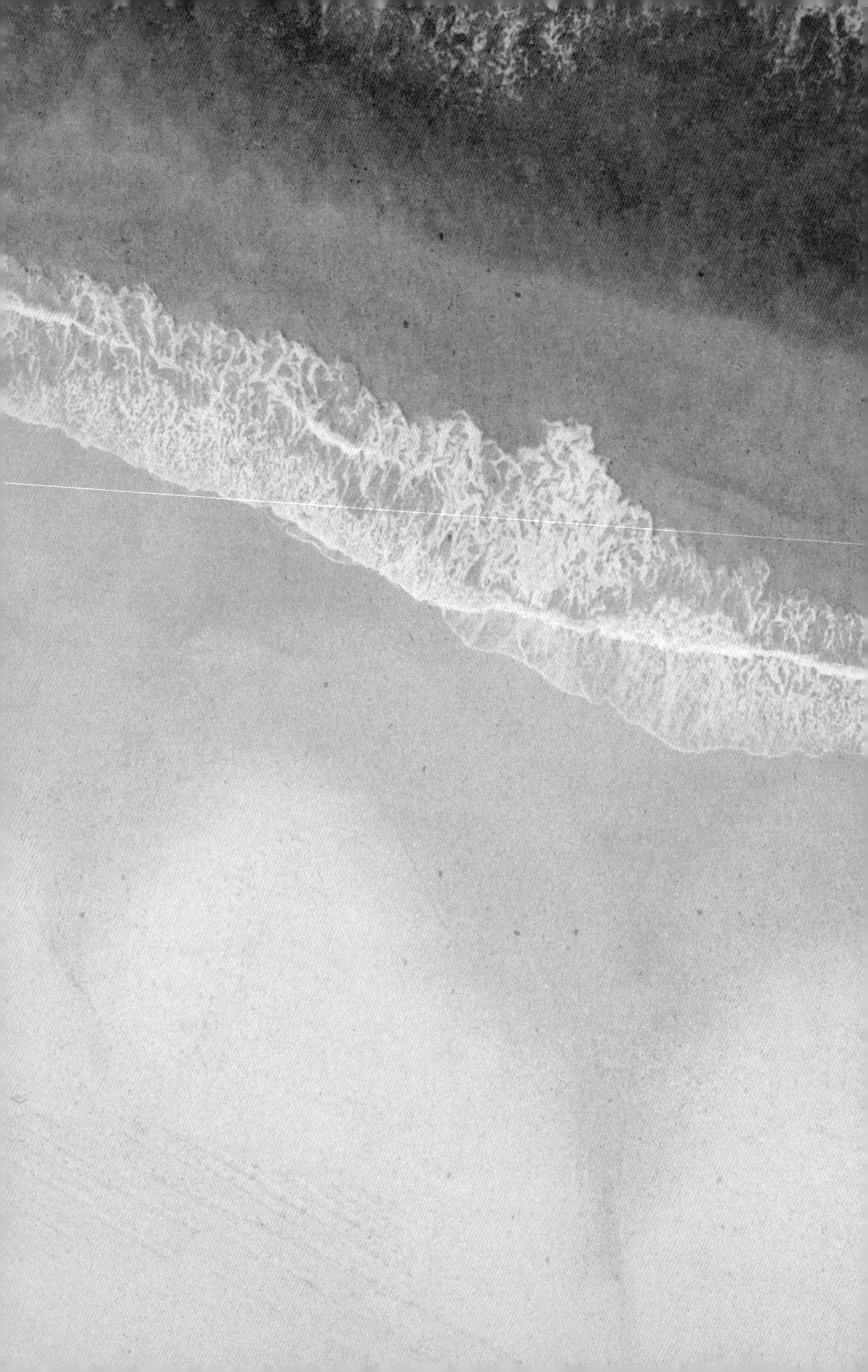

그는 배낭을 둘러메고 집을 나섰다. 군청색 트레이닝복 속으로 한기가 스며들자 그는 몸을 흠칫 떨었다. 휘우듬한 골목을 벗어나자 큰 차도가 나왔다. 전조등을 밝힌 차들이 드문드문 지나갈 때마다 캄캄한 거리가 환해졌다가 이내 어두워졌다. 도로를 건너 음식점 간판들이 즐비하게 늘어선 거리로 들어섰다. 맥주 캔, 프로필렌수지 봉지들이 바스락대며 뒹굴다 그의 발에 채였다. 굴국밥집 앞에는 스티로폼 상자가 켜켜이 층을 이룬 채 높다랗게 쌓여 있었다. 시장으로 접어들자 여기저기 방수포로 덮어씌운 좌대가 보였다. 상점 앞에는 주차금지를 표시한 흰 물통이 듬성듬성 박혀 있었다. 좌대 구석에서 움츠리고 있는 고양이의 눈이 번쩍거렸다.

날이 희읍하게 밝아왔다. 찻길을 따라 조금 걷자 기차역이 보였다. 기차역이 인근 지역으로 옮겨져 폐쇄되었다는 소문을 들은 적이 있었다. 철로를 따라 백 미터쯤 걸어갔다. 사람도 기차도 지나다니지 않는 철로는 지독한 적막에 숨죽인 듯 멈춰 서 있었다. 철로를 벗어나 마을 안으로 들어갔다. 오십 년도 지난 듯한 낡은 주택들이 오밀조밀 모여 있는 마을이었다. 골목 안으로 들어갔다. 양팔을 벌리니 겨우 맞닿을 정도의 폭이었다. 골목이 턱없이 좁아 그런지 양편의 집들이 미닫이문으로 되어 있었다. 어느 집에선지 말소리가 두런두런 흘러나왔다. 집 앞에는 집 안에 있어야 할 세탁기, 장독들이 밖으로 줄지어 나와 있었다. 연탄재, 붉은색의 원통형 물통, 시들어가는 화초 등이 어수선하게 놓여 있었다. 역한 구린내가 풍겨 그는 순간적으로 코를 싸쥐었는데 공중화장실이 근처에 있었다. 조금 더 걸어가자 희끄무레한 뭉치 같은 게 길바닥에 엎어져 있었다. 가까이 가 보니 잠들어 있는 한 사내였다. 들피진 몰골에 이마에는 핏자국이 나 있었고 문뱃내가 풍겼다. 그는 사내를 흔들어 깨웠다.

"이봐요. 여기서 이러지 말고 댁에 들어가세요."

사내는 눈을 비비고는 양미간을 찡그렸다.

"내 걱정 말고 그쪽 볼일이나 보세요."

"이마에 상처가 있는 것 같은데…… 약이라도 발라야지요."

"죽지 않고 사는 것만도 다행인데 상처가 뭐 대숩니까."

사내는 몸을 반쯤 일으켜 앉았다.

"대체 몰골이 왜 이렇소? 와 이런 데 넘어져 있는거요?"

"신경 쓰지 말고 볼일 보라니까요."

"거참. 일어나 봐요. 안 봤으면 몰라도 보고 어찌 그냥 지나가요? 어디 앉을 데라도……."

그는 주변을 두리번거렸다.

"나 원, 잠이 다 달아났네 그려. 내가 졌어요. 조금 걸어가면 벤치가 나올 겁니다."

사내는 그를 뻔히 쳐다보더니 벌떡 일어났다. 그는 사내의 낡은 카키색 점퍼에 묻은 흙을 털어주고는 사내를 부축해 걸어갔다. 골목 끝에 운동시설과 벤치가 몇 개 놓여 있었다. 그와 사내는 벤치에 앉았다. 그가 사내의 이마를 자세히 들여다보았다.

"상처를 보니 시간이 좀 지난 것 같은데……. 어쩌다 생긴 거요?"

"골목길을 지나가다 갑자기 가로등이 꺼지는 바람에 넘어진 겁니다. 형님뻘 되어 보이는데 말 놓으시죠."

"그러지. 우리 통성명이나……. 나는 박주원이라네."

"나는 문시우라 합니다. 형씨께선 무슨 일을 하는데 새벽부터 이런 데를 다니시요?"

"무위도식이 내 일이고 백수가 직업이지. 여기저기 싸돌아다니는 게 내 취미고. 자네는 그럼 무슨 일 하는가?"

"내 일을 말하자면 …… 정크 아트라고, 고물을 주워 예술로 만드는……, 요즘은 일거리도 없어 죽 쑤고 있지요."

"고물로 예술을? 그럼 예술가라 그 말이네. 처음 듣는 얘긴데."

그는 고개를 갸웃거리며 호기심 어린 표정으로 물었다.

문시우는 자신의 얘기를 늘어놓았다. 예전에는 주로 아파트 입구나 공원에 설치되는 조형물을 만들었고 공모전에 출품하여 입상하기도 했는데 언제부턴가 일감이 뚝 끊겨버렸다. 설상가상으로 작업실에 화재가 나는 바람에 보증금도 건지지 못하고 쫓겨났다. 아이들은 외가로, 아내는 처형 집으로 가 식당일을 도우며 이산가족이 되었다.

"거 참 안됐지만 너무 낙심하지 말게. 세상은 어차피 새옹지마 아닌가. 내리막이 있으면 오르막도 있는 법이지."

그도 자신의 신상에 대한 이야기를 들려주었다. 아버지가 하던 종묘상을 이어받아 이십 년 동안 운영했지만 손님의 발길은 갈수록 뜸해져 수익금은 줄어들었다. 장사가 안 돼 점포를 처분한 다음, 그가 살 소형아파트 얻을 돈과 최소 생활비만 남기고 나머지는 유학 간 아들 곁으로 떠나 버린 아내에게 주어버렸다.

"종묘상이라고요? 오히려 요즘 세상에 필요한 일인데요."

문시우가 물었다.

"어쨌든 장사가 안 돼서 정리를 해버렸지."

그는 손을 내저으며 말했다.

"이 도시 좀 봐요. 사방에 치솟은 높은 빌딩 보이지요. 아래는 또 온갖 오물이 흐르고 있을 것 아닙니까. 이 도시에는 뭔가 심어 생명을 키우는 일이 진짜 필요한 거라 말입니다."

문시우가 벌게진 얼굴로 말했다.

"지금은 다 지나간 일이라네."

그는 고개를 갸우뚱거리며 심드렁하게 내뱉었다.

"종묘상 그만두고 지금은 무슨 일 합니까?"

"아무것도 안 한다고 얘기했는데 못 들었나. 억지로 갖다 붙이면 기러기 아빠고."

"하 기러기 아빠라. 나보다 팔자가 좋네요. 한데 와 이런 새벽에 돌아다니지요?"

"낮엔 너무 복잡해서 새벽에 돌아댕겨야 이 도시를 혼자 차지하고 있는 것 같거든."

"그런 점은 나하고 비슷하네요. 나는 돌아댕기면서 작품에 쓸 재료 같은 거라도 걸리는 게 없나 살피지요."

"나도 뭐 쓸 만한 거라도 발에 걸리길 바라면서 돌아다니지."

"나는 밤마다 악몽을 꿉니다. 채권자들에 둘러싸여 몰매를

맞고 피투성이가 되어 도망가다 쓰러지고. 그러다 화들짝 눈을 뜨는데 그때의 안도감이란……, 형씨는 죽었다 깨나도 그 기분 모를 겁니다."

"어쨌든 하루빨리 돈이 생겨 빚도 갚고 예술도 하게나."

문시우와 헤어져 그는 도심 쪽으로 방향을 잡아 다시 걸어갔다. 이 시대에 맞는 직업이 종묘상이라니, 문시우를 이해할 수 없었다. 그의 아버지는 한 알의 볍씨가 수백 개의 알곡으로 수확된다는 것에 대단한 자부심을 느끼는 사람이었다. 땅에 뿌리는 것은 절대 배신하지 않고 정직한 대가를 갖다 준다고 강조했다. 그런 아버지가 자신의 꼴을 봤으면 어떤 표정을 지을지, 그는 죄송한 마음이 들었다.

규모가 크지 않았지만 유동인구가 많은 교차로 근처의 종묘 가게는 한때 손님들로 북적였다. 그 건물은 아버지로부터 물려받은 것이었다. 삼 층은 살림집으로 쓰고 있었고 이 층은 세를 주었는데 거기서 나오는 월세가 쏠쏠하였다. 손님이 줄어든 것은 육 개월 전부터였다. 컴퓨터나 스마트폰으로 종묘를 구입하는지 모를 일이지만 손님이 점점 줄어 가게를 처분하거나 업종변경이라는 수순이 기다리고 있었다. 그의 아내는 장사에 넌더리가 난다며 건물을 처분하여 편하게 살고 싶다고 했다. 그 역시 그동안 앞만 보고 달려왔다는 생각이 들었다. 아내가 아들 곁으로 떠나자, 그는 작은 아파트를 얻어 혼자 이사했다.

시간은 정지되어 있거나 느릿느릿 흘러갔다. 낮 시간에 잠을 잤고 밤에는 TV를 보거나 밤거리로 나가 유령처럼 떠돌았다. 밥은 한꺼번에 일주일 치를 해서 냉장고에 넣어 놓았고 반찬은 주로 장조림, 꽁치, 골뱅이, 번데기 등 통조림 일색이었다. 그것조차 차리기 싫을 때는 자장면이나 짬뽕을 시켜 먹기도 하고 구청에서 배식하는 국수를 노숙자들 틈에 끼어 먹기도 했다. 어느 날 그는 화장실 거울에서 한 번도 보지 못한 낯선 사내의 얼굴을 봤다. 거울을 보며 입술을 실룩거려 소리를 마구 질렀다. 관자놀이가 지끈거리고 고막이 얼얼해지자, 마침내 그는 거울 속 사내를 자신으로 받아들였다. 말할 상대가 없어 자신의 목소리와 이름을 들어본 지가 까마득하다는 생각에 때때로 헛기침을 내뱉기도 했다. 비가 푸슬푸슬 내리는 날이면 골뱅이를 안주로 소주를 마셨고, 생활정보지의 구인광고를 하루 종일 뒤적거리기도 했다. 집안이 적막할 때는 텔레비전을 켜 놓고 며칠씩 끄지 않을 때도 있었다. 가끔 기분이 내키면 박물관으로 가 삼국시대 고분들을 둘러보거나 패총전시관을 찾기도 했다. 거기를 둘러보는 동안 마음이 안온해지고 편안히 그 안으로 녹아드는 기분이 들었다. 고여 있는 것처럼 보이는 자신의 삶도 그 안의 유물처럼 뭔가 가치가 있는 것처럼 느껴지는 것이었다.

어느 날 TV 밤 뉴스에서 새벽 산책길에 누군가 보석과 현금 등을 주워 경찰서에 신고했다는 기사가 흘러나왔다. 화면에 비치는 새벽 거리의 희붐하고 아련한 분위기가 신비하게 다가왔다. 낮에 보기 힘든 장면을 새벽에는 볼 수도 있다는 생각이 들자, 단박 시선을 빼앗겼다. 그는 고개를 끄덕였다. 산책이라면 시간 많은 자신이 바로 시작할 수 있는 소일거리였다.

다음 날, 그는 배낭을 짊어지고 새벽 거리로 나갔다. 산책을 하던 그는 길바닥에 떨어져 있는 물건을 줍기도 했다. 예전에는 누가 길거리에서 동전 하나 주웠다고 해도 대단한 횡재를 한 것처럼 느꼈는데 길을 가다 보니 의외로 눈에 띄는 게 많았다. 반짝거리는 것이 보여 가까이 가보면 동전이었고 때로는 반지 같은 귀금속이 떨어져 있기도 했다. 지갑, 휴대폰, 신용카드 등이 눈에 띌 때도 있었다. 그는 그것들을 주워 박스 안에 차곡차곡 담아 집 베란다에 두었다. 날씨가 궂거나 몹시 추운 날 외에는 하루도 거르지 않고 그는 새벽 산책을 다녔다. 헐거워진 생활의 매듭이 촘촘히 조여지는 느낌이 들었다.

사거리로 나오자 큰 빌딩들이 눈앞에 들어왔다. 요의를 느낀 그가 건물 모퉁이로 돌아가자 화단이 보였다. 그곳에다 오줌을 누는데 구석에 누런 박스가 보였다. 박스는 갈색 테이

프로 단단히 봉해져 있었다. 누군가가 잠시 잊어버리고 놓고 갔거나 무단 투기한 것이라고 생각했다. 옷을 추스르고 테이프를 살짝 떼어 박스 안을 열어보았다. 맨 위에 신문지가 덮여 있었다. 그 안을 살짝 들춰보니 지폐가 가득 들어 있었다. 눈이 휘둥그레진 그는 주변을 휘 둘러보았다. 지나가는 사람은 아무도 없었다. 재빨리 박스를 원래대로 봉하고 들어 올렸다. 어떻게 할 것인지는 집에 가서 생각할 참이었다.

집에 도착한 그는 박스를 열었다. 손이 부르르 떨렸다. 오만 원권, 만 원권, 오천 원권, 천 원권이 뒤섞여 있었다. 홀로그램이 선명한 것으로 보아 위조지폐는 아니었다. 액수는 어림잡아 천만 원은 넘을 듯 싶었다. 이 돈이면 언젠가 가고 싶었던 그리스와 이집트 여행은 할 수 있겠다는 생각에 심장이 두근거렸다. 얼굴이 달아오르고 등줄기로 땀이 차오는 걸 느끼며 박스를 벽장 깊숙이 넣었다. 어떻게 할지는 한숨 자고 생각할 요량이었다. 자려고 누웠지만 좀처럼 잠이 오지 않았다. 주운 돈을 집에 두면 나중에라도 도둑으로 잡히지 않을까, 하는 걱정이 머릿속을 파고들었다.

그는 근처에 있는 피시방을 찾아갔다. 컴퓨터 앞에 앉아 '길에서 주운 돈'이라는 구절로 검색을 했다. 남의 돈을 습득하여 신고하지 않으면 '점유 이탈물 횡령죄'에 해당된다는 기사가 보였다. 신고를 하면 가치의 이십 퍼센트 정도의 보상

금이 신고자에게 주어지며 주인이 일 년 동안 나타나지 않으면 그 물건의 소유권을 신고자가 취득하게 된다고 했다. 피시방을 나온 그는 돈을 발견했던 곳을 향해 걸었다. 젊은이들이 어둑해진 거리를 먼지처럼 떠돌고 있었다. 가끔 고성방가가 뇌우처럼 지나가기도 했다. 환하게 불을 밝힌 편의점에서 야식을 먹는 사람들의 얼굴이 부풀어 터질 것 같이 보였다. 호프집의 유리창을 통해 보이는 사람들은 마치 술을 마시기 위해 살아있다는 듯 연신 잔을 부딪치기 바빴다.

어느새 현대투자은행 간판이 보이는 사거리였다. 은행 주변으로 가 어슬렁대며 박스가 놓여 있던 화단을 지켜보다 아예 멀찌감치 떨어진 보도블록에 앉아 기다렸다. 시간은 더디게 흘렀다. 전화기를 열어 보니 새벽 두 시가 되어가고 있었다. 사람들 인적이 서서히 끊기고 차량들도 뜸해졌다. 아무리 기다려도 박스가 놓였던 자리를 살피는 사람은 나타나지 않았다.

날이 희붐해졌다. 녹색 조끼와 모자를 쓴 환경미화원들이 나타나더니 길바닥에 떨어진 플라타너스 잎들과 쓰레기들을 긴 싸리 빗자루로 쓸어 마대자루에 담았다. 그는 늙수그레하게 보이는 미화원에게 다가갔다.

"새벽부터 수고하십니다."

"늘 하는 일이지요."

"길바닥에 물건을 일부러 버리고 가는 사람들도 혹시 있나요?"

"있다마다요. 무단투기하는 얌체족들이지요. 차라리 양심을 버리라지요. 집에 쓸모없는 물건들을 밤중에 슬그머니 갖다 놓고 가버리면 누가 치우라는 건지."

"그래 말입니다."

"며칠 전에는 화단에 검은 봉지가 있어서 처리하려고 다가갔는데 세상에 갓난애가 들어 있더라 말입니다."

"어쩌다 그런 일이…… 애한테 숨은 붙어 있습디까?"

"다행히 숨은 쌕쌕거리고 체온이 따뜻합디다. 기운이 없는지 제대로 울음소리도 못 내는 걸 보니 얼마나 애처롭던지. 경찰을 부르고 병원에 데려가고 난리가 났어요. 빨리 발견해서 천만다행이라 합디다."

"아, 다행이었네요. 세상이 어찌 되려고 그런 일이……."

그는 박스를 누군가 버린 것이라고 단정 짓고는 천천히 걸어 집으로 돌아왔다.

시간이 흘러도 그는 도무지 갈피를 잡을 수 없었다. 범죄라도 저지른 듯 심장이 두근거리는 것도 여전했다. 경찰에 갖다주는 게 옳은 일 같았다. 하지만 그의 머릿속에는 그리스, 이집트 여행에 대한 미련이 자꾸 뒷덜미를 잡아채고 있었다. 돈 생각으로 밤새 잠도 오지 않았다. 창밖이 희붐한 새벽녘이 되어서야 남의 돈으로 여행 가다 잘못되면 사고 날지도 모른다는 불안감이 내리누르는 걸 어쩌지 못했다. 결국 자신을 심약하고 용렬한 인간으로 치부하고는 여행하려는 계획을 거둬들였다. 대신 그 돈을 뭔가 색다른 방법으로 처분하고 싶었다. 맹물같이 밍밍한 자신의 생활에 활력소가 되는 일이라면 무슨 짓이라도 저지르고 싶은 심정이었다. 그 돈을 도시의 가장 높은 빌딩 옥상에 올라가 길바닥으로 쏟아버리면 어떨까, 하는 생각이 들었다. 얼마 전에 사십 대의 한 남자가 서울의 63빌딩에서 돈다발을 쏟아버린 일이 있었다. 돈은 천 원짜리 지폐였다. 근처를 지나가던 사람들과 차량 안에 있던 사람들이 나와 벌떼처럼 모여들었고 주변은 아수라장으로 변했다. 남자는 자신의 책을 광고하기 위해 지폐에다 자신의 책 이름을 쓴 쪽지를 붙여놓았다고 했다. 책 제목은 『군중들에게 고함』이었다. 사건이 방송 뉴스에 나오면서 책 광고의 효과를 보았지만 그 남자는 구속되었다. 자신도 높은 빌딩에 올라가 돈을 뿌리면 그 돈을 주워 담기 위해 사람들은 눈을 동그랗게 뜨고 이리저리 뛰어다닐 것이다. 그 생각을 하자 마치 그 장면이 눈앞에 펼쳐지기라도 하듯 그는 키득거렸다. 그 웃음소리는 점점 커졌고 고개를 젖혀 배를 두드리며 마구 웃어댔다. 참 오랜만의 웃음이었다. 그 바람에 아내 생각이 났다.

아내는 유난히 웃음이 많은 여자였다. 별로 우습지도 않은 일에도 재미있다는 듯 목젖이 보이도록 큰 소리로 웃었다. 그러면 주변 사람들도 덩달아 고개를 끄덕이며 같이 웃고는 했다. 가게를 찾는 손님들도 아내의 웃음이 불러들이는 듯했다. 처음 온 손님에게도 미소를 가득 띠며 좋은 묘목이나 씨앗을 추천해주면 그중 하나라도 사지 않을 수 없다고 했다. 손님들은 가게에 잠시 들르기만 해도 기분이 좋아진다며 지나칠 때마다 꼭 들르는 경우가 많아졌다. 그러던 아내의 웃음이 서서히 사라진 것은 아들 녀석의 성적이 아내의 기대만큼 따라오지 못해서였다.

그는 점포 문을 닫는 휴일이면 아들 녀석을 데리고 가까운 박물관을 찾아 다녔다. 아들에게 역사와 유물에 대한 의식을 심어주기 위해서였다. 덕분에 그도 유물에 대해 자연스럽게 관심을 가지게 되었다. 박물관 리플릿을 모아 놓고 무료할 때마다 꺼내 보기도 했다. 아들은 선사시대와 신석기시대의 유물을 유난히 눈여겨보며 사진을 찍어 스크랩을 해두었다. 아들이 유학 가기 전 마지막으로 들른 곳은 바다 근처에 있던 패총전시관이었다. 그와 아들은 그 안에 전시되어 있던 소장품을 눈여겨보았다. 패총은 사람들이 먹었던 조개의 껍데기, 동물이나 물고기 뼈뿐 아니라 토기, 석기, 골각기 등 쓰다 버린 생활도구도 같이 버려져 쌓인 것이었다. 무덤, 집 자리, 불피운 자리 등의 흔적도 보였다. 곰 모양의 토우와 조개껍질에

구멍을 내어 만든 가면을 보며 아들 녀석은 눈을 반짝였다. 아들은 고고인류학을 전공하고 싶다는 뜻을 밝혔고 지금은 몬트리올에 있는 대학에서 고고인류학을 전공하고 있었다.

다음 날 오후에 그는 공원으로 갔다. 햇살이 나무들 사이에 얽혀 들었고 바삭한 나뭇잎들이 투명하게 반짝였다. 잔디밭에는 가족 단위로 놀러 온 사람들이 돗자리를 깔고 둘러앉아 가져온 음식을 먹었다. 오랫동안 잊고 지낸 평화롭고 정겨운 풍경이었다. 육 개월도 채 되지 않았는데 가족이 떠난 게 마치 영겁의 세월이라도 흐른 듯 느껴졌다. 공기 속 작은 입자들이 가슴 안으로 스며들어 마구 들쑤시는 기분이었다. 혼자 고립무원의 바다 한가운데로 떠내려가듯 어지러움이 일었다. 정작 갖고 싶은 것은 돈으로 살 수 없는 것이었다. 갑자기 콧등이 시큰해지고 눈시울이 촉촉해졌다. 그는 문득 친구 강만길을 만나고 싶었다. 장사가 기울면서 연락이 뜸해졌고 두 사람은 소원해졌다. 강만길은 중고자동차 중개업을 하는 고교 동창이었다. 주변에 중고차를 팔거나 살 사람이 나서면 곧잘 소개하다 보니 강만길은 그에게 자동차 소중개상이라는 이름까지 붙여 주었다. 두 사람이 만나면 강만길이 늘 술을 사면서 자연스럽게 가까워졌다. 강만길을 만나 회포도 풀고 돈 문제도 의논하고 싶었다.

강만길은 시간에 맞추어 포장마차에 나타났다. 재색 점퍼를 입고 나타난 강만길은 못 본 사이에 머리칼이 텁수룩하고 얼굴이 까칠해져 있었다. 두 사람은 막걸리와 도토리묵, 두부김치를 놓고 마주 앉았다. 이런저런 얘기 끝에 그는 돈 박스를 주운 내력을 이야기했다.

"허허. 주원이 너 로또 당첨이구만."

"세상도 많이 변했어. 이제는 물건뿐 아이라 돈도 필요 없어 길바닥에 갖다 버린다 말이거든. 이래 될 줄 누가 알았나."

그는 시큰둥하게 말하고는 막걸리를 한 잔 들이켰다.

"잘됐네. 그럼 그 돈 내 주면 안 되겠나? 실은 요즘 자금 사정이 좀 안 좋아서 말이야."

"그래? 헌데 그 돈은 내 것이 아니라서 마음대로 못하거든. 만길아, 돈 필요한 사람이 한두 사람이가? 내가 너를 부른 건 말이다. 그게……."

"돈 임자도 없는데 좀 쓰면 안 되겠나? 내가 이자까지 쳐서 갚을 테니 사정 좀 봐주라."

강만길이 도토리묵을 먹으며 핏대를 올리며 소리쳤다.

"그 돈에 눈독 들이지 마라. 경찰서에 맡길라 하다 더 좋은 방법으로 쓰려고 갖고 있는 거지. 그래서 의논하려고 연락 한 거고. 돈 자랑 하려고 널 부른 게 아니다 말이다."

"좋다가 말았네. 내가 그 돈을 먼저 봤어야 되는데. 그럼 그 돈으로 뭐 하려고? 좋은 일 하는 셈 치고 노숙자들에게 옷이 나 생필품을 사다 줄까?"

"뭐 그것도 좋은 생각이긴 하지. 한데 노숙자들 한번 도와준다고 무슨 큰 의미가 있겠나 말이다."

그는 강만길의 빈 잔에 막걸리를 따라주고 자신의 잔에도 따랐다.

"구호단체에 기부하면 간단히 끝나는데, 뭘 그래 고민하나?"

"흠, 나는 그런 것 말고 좀 특별하게 쓰고 싶다 말이지. 돈을 꼭 써버려야 되는 법은 없는 거지. 쓰지 말고 흔적을 남기는 방법은 뭐 없겠나 말이다."

"뭐라고? 돈은 쓰라고 만들었지. 주원이 네가 이런 걸 갖고 고민할 줄 내 몰랐네. 언제부터 네가 이런 사람이었어? 옛날에 아들놈하고 박물관 같은 데 뻔질나게 다니더니 이래 됐나?"

그는 뭔가를 생각하는 표정을 지었다.

"그럼 이렇게 하는 건 어떨까? 고물이나 재활용품으로 미술품을 만드는 작가가 있더라고. 이 돈도 누군가 버린 거니까 이걸 재활용하는 셈 치고 미술작품을 만들면 어떨까?"

한참 후에야 그가 밝은 표정으로 말했다.

"돈을 갖고 작품을 제작한다? 그 돈을 보고 사람들 눈이 팽

돌아가겠네. 히히"

강만길이 무릎을 치며 킥킥 웃었다. 그리고는 반쯤 남아 있던 막걸리를 단숨에 들이켰다.

"작품을 만들어 무대에 설치하면 관람객들이 돈의 다른 면을 볼 수 안 있겠나? 돈 구경도 실컷 할 수 있고 말이다. 그렇지?"

"음, 네 말도 일리는 있네. 흔하고 흔한 게 돈인데 그놈의 돈은 금고나 지갑 속에 쏙 숨어 있고 안 보이거든. 돈이란 걸 보란 듯이 꺼내어 전시를 해보자?"

강만길이 말을 하고는 한숨을 푹 내쉬었다. 그가 고개를 끄덕였다.

다음 날, 그는 문시우를 찾으려고 예전에 만났던 동네를 돌아다녔다. 무료급식소 근처에 있을 때였다. 문시우가 먼저 그를 알아보고 손을 흔들었다. 그는 처음에는 그가 누군지 한참 생각해야 했다. 문시우의 외양이 그새 말끔해져 있었다. 청색 체크무늬 남방에 검은색 면바지를 입고 머리에도 기름칠을 했는지 반지르르했다. 그는 깜짝 놀라는 표정으로 못 알아볼 뻔했다고 말했다. 문시우는 누굴 좀 만나고 왔다고 했다. 그는 돈을 발견하게 된 과정과 돈의 활용에 대해 설명했다. 문시우는 "뭐 돈, 돈이라고요?" 하며 눈을 희멀겋게 떴다. 그는 자신의 제의를 받아줄 수 있냐고 물었다. 문시우는 고개를 갸우뚱거리며 생각에 잠기더니 "나도 예술가인데 어떻게 거절하겠어요? 일단 돈의 상태를 좀 봐야 되겠거든요." 라고 했다. 그는 문시우와 함께 자신의 집으로 돌아왔다. 그는 방의 벽장문을 열어젖혀 박스를 꺼냈다. 문시우는 눈이 휘둥그레지며 입을 딱 벌린 채 지폐를 살폈다. 양도 많은 데다 헌 돈이어서 재활용 용도로 문제가 없겠다고 그에게 말했다. 그들은 돈 박스를 들고 내려와 택시를 타고 문시우의 작업장이 있는 아파트로 향했다.

문시우의 작업실은 아파트 지하에 있었다. 문을 열고 들어가자 캄캄한 어둠 속에 냉랭한 한기가 훅 밀려들었다. 곰팡이 냄새와 아교본드 냄새가 뒤섞여 콧등이 매캐했다. 그는 연거푸 재채기를 했다. 문시우가 스위치를 올리자 주황색 백열등이 켜지고 작업실 내부가 희미하게 모습을 드러냈다. 낡은 테이블 위에는 작은 카세트와 커피포트, 양초, 가위, 에탄올, 면장갑 등이 놓여 있었고, 한쪽 구석에는 이젤과 사다리, 골동품, 철사, 박스, 신문지 등이 보였다. 벽에는 사진 액자가 세 개 걸려 있었다. 건반이 빠진 낡은 피아노 위에 장작들이 포개어져 있는 사진, 다섯 개 정도의 자전거들끼리 서로 고리처럼 뒤얽혀 있는 사진, 나사로 로봇을 만든 모습을 찍은 사진 등이었다.

"차를 한잔 합시다. 내부가 좀 썰렁하지요."

문시우는 테이블에 있던 의자를 꺼내 주고는 생수병 물을 포트에 담았다.

"지하라서 그런지 습하고 공기도 좀 탁하네."

"이것도 나에게는 감지덕집니다. 작업실에서 뭔가 만들고 두드리고 할 때가 제일 행복하거든요."

그때, 그의 전화기가 울렸다. 강만길이었다. 돈 박스가 어떻게 되어가는지 궁금하다고 했다. 그는 시간이 되면, 문시우의 작업실로 오는 게 어떠냐고 묻자, 강만길은 조금 뜸을 들이더니 마침 시간이 남았으니 가겠다고 했다.

문시우가 종이컵에 커피를 타 그의 앞에 놓았다.

"혹시 뭐 떠오르는 이미지라도……?"

"요즘 내가 머릿속에서 굴리는 것이 있는데……. 물욕을 추구하는 인간의 비루한 모습이라고나 할까요. 작품보다는 거리에서 퍼포먼스를 보여주는 게 어떨까 싶네요. 몸에다 지폐를 붙여서 말입니다."

"퍼포먼스? 나는 예술에 대해서는 문외한이니 자네가 알아서 하게나."

"쿠바 태생인 토레스라는 화가가 있죠. 그는 미술관 한쪽에 사탕이나 인쇄물을 갖다 두고는 관람객들로 하여금 마음대로 가져가게 했답니다. 어떻게 보면, 마치 작품을 만지지 말라는 미술관의 권위에 도전하는 것처럼 보이지요. 그는 미술관의 금기를 관객들 스스로가 거스름으로써 사회적 편견에 맞설 것을 원했던 겁니다. 나아가 관객이 작품에 스스럼없이 손을 대기를 바란 것이지요. 그래서 나는 이렇게 해보려구요. 지폐를 사람의 몸에 옷처럼 붙인 다음에 관객들에게 마음대로 지폐를 떼어가도 좋다는 문구를 보여주는 거지요. 눈길을 확 끌 수도 있겠지요."

얘기를 마친 문시우가 길게 호흡을 내쉬었다.

"옷은 안 입고 지폐만 붙인다고? 사람들이 와르르 달려들어 돈을 서로 떼어가려고 난리 날 건데. 알몸이 다 드러날 수도 있을 텐데"

그가 히죽 웃으며 말했다.

"뭐 그게 목적이 되어도 상관없어요. 장소는 어디로 할까요?"

"자네는 예술가라 다르네. 나는 절대 그래 못하겠네. 장소라…… 가만 있자, 내가 산책길을 가다 보면 폐쇄된 기차역이 있던데 거기가 무정역이지 아마. 그 역 광장에서 하면 어떤가?"

"폐쇄된 기차역이라…… 좋네요. 사실 이 퍼포먼스가 재활용의 의미도 있으니 뭔가 통할 것 같거든요."

노크 소리가 들려 문을 열어보니, 강만길이었다.

그는 강만길에게 문시우를 소개하고 퍼포먼스에 대한 이야기를 전달했다.

"작가양반, 중고자동차 중개업을 하다 보면 간혹 폐차된 자동차가 나오는데 혹시 그것도 도움이 될까요?"

강만길이 문시우를 향해 물었다.

"그럼요. 소도구로 활용하면 되는 거지요. 운반도 해줄랍니까?"

문시우가 반색을 하며 되물었다.

"그거야 견인차량을 부르면 되고요. 나는 이런 일에 잘 나서지 않는데…… 주원이 저 친구가 벌이는 일이라 호기심이 좀 동하네요. 하하."

강만길이 비죽 웃으며 말했다.

그들은 다음 날 세 시에 무정역에서 퍼포먼스를 하기로 정하고 차를 더 마신 뒤 헤어졌다. 그는 집에 돌아오자 몸이 무겁게 느껴졌다. 몸살이라도 날 것처럼 나른하고 매시근했다. 돈이 집에 있을 때는 긴장이 되고 걱정되어 잠을 못 이루었는데 그 돈을 치우고 나니 홀가분해졌다. 그래서 그런지 자리에 눕자마자 곯아떨어졌다.

햇살이 그의 눈을 찔렀을 때 그는 눈을 비비며 일어났다. 대체 몇 시간을 잤는지 가늠이 되지 않았다. 배에서는 꼬르륵거리는 소리가 연거푸 들리고 기운이 하나도 없었다. 바닥을 짚고 겨우 일어나자 머리에 빛이 번쩍하더니 곧 앞이 캄캄해졌고 그 바람에 바닥에 주저앉아버렸다. 냉장고엔 번데기 통조림 하나만 달랑 남아 있었다. 음식이라도 시켜 먹는다면 기운을 차릴 텐데, 지갑을 보니 찾아놓은 현금조차 보이지 않았다. 이러다 쥐도 새도 모르게 죽을 수도 있겠구나, 하는 생각까지 들었다. 문득, 문시우에게 준 돈이 생각났다. 배가 고프니 그 돈으로 죽기 전에 먹고 싶은 음식이라도 실컷 먹을걸, 하는 후회가 슬며시 일었다. 사람이 배고픔의 공포 앞에는 무슨 일이든 저지를 것 같았다. 그는 번데기로 요기를 했다. 전화기를 열어보고는 퍼포먼스 하는 날이 오늘 오후라는 생각에 벌떡 일어났다.

그는 서둘러 문시우의 작업실로 갔다. 문을 열고 들어간 그는 문시우를 보고는 화들짝 놀라 흠칫 물러섰다. 온몸에 붙인 지폐가 털처럼 너펄거리니 마치 이상한 동물이 서 있는 것 같았다. 그는 눈을 동그랗게 뜨고 쳐다보았다.

"나는 또 누구라고? 몰라볼 뻔했네. 허허."

"내 몰골이 볼 만하지요. 형씨가 내 등 좀 붙여줄랍니까?"

문시우가 지폐박스와 풀을 건네주며 등을 돌렸다. 지폐의 한쪽 귀퉁이에만 풀칠을 하라고 했다. 본드로 붙이면 잘 안 떨어지니 딱풀이 딱 좋다고 했다. 그는 문시우의 등 부분에 지폐를 빼곡하게 붙여주었다. 출발 시간이 되어 문시우는 바바리코트를 걸쳐 입었다. 그는 문시우가 만들어놓은 피켓과 현수막을 챙겼다. 두 사람은 같이 택시를 타고 무정역으로 향했다.

무정역에 도착하니, 강만길이 먼저 도착해 있었다. 보닛이 떨어져 엔진 룸이 훤히 드러나 있고 문짝도 없는 자동차 한 대가 역 앞에 있었다. 그와 강만길은 현수막을 두 개의 전봇대에 걸었다. '문시우 작가의 정크 퍼포먼스-돈의 재활용'이라고 적혀 있었다. 헌 박스를 잇대어 붙인 것에다 물감으로 글씨를 쓴 것이었다. 그는 피켓을 들고 있기로 했고 강만길은 관람객들을 불러 모으기로 했다. 사람들이 힐긋거리며 지나쳤다.

준비를 마치고 관람객들이 조금 모이자, 문시우가 가운데로 나와 자신을 정크아트 작가라고 소개하며 퍼포먼스를 시작하겠다는 인사말을 했다. 퍼포먼스를 지켜보며 그 의미를 찾아 달라고 당부했다. 이어 바바리코트를 벗어 던지자 지폐로 도배한 몸이 드러났다. 여기저기서 사람들의 환성과 야유가 터져 나왔다. "진짜 돈일까? 에이 가짜겠지. 칼라로 복사한 거 아냐?" 하는 소리들이 여기저기서 들렸다. 문시우는 자동차 뒤 트렁크에서 렌치와 스패너를 꺼내 와 엔진 룸을 들여다보며 수리하는 행위를 연기했다. 사람들의 시선이 문시우의 몸짓에 모아졌다.

그는 '돈을 떼어가도 좋습니다.'라고 적힌 피켓을 사람들이 잘 보이게 높이 들었다. 주변에 시장이 있어 그런지 사람들은 점점 더 모여들었다. 돈을 떼려고 뛰어드는 사람은 보이지 않았다. 처음에 야유를 보냈던 사람들도 사뭇 숙연한 자세로 퍼포먼스를 바라보았다. 사람들은 퍼포먼스에 몰입한 듯 정적이 감돌았다. 여기저기서 휴대폰을 들어 올려 사진을 찍는 사람들도 보였다. 작가의 몸에 붙어 있는 돈은 누군가가 버린 돈을 사용한 것이니 가져가도 좋다고 그가 큰 소리로 말했다. 그런데도 선뜻 나서는 사람이 없었다.

그는 사실 사람들이 돈을 다 떼어가 버리고 문시우의 알몸만 보일 거라고 예상했다. 은근히 그 장면을 기대하기도 했던 것이다. 그런데 뜻밖이었다. 사람들은 예술 작가의 몸도 예술 작품처럼 감히 건드리면 안 되는 것으로 생각하는 모양이었다. 아니면 정말이지 이제 돈이라면 넌더리가 난 것인지도 몰랐다. 바람이 한 차례 불어왔다. 문시우의 몸에 붙어 있던 지폐들이 서걱대며 가볍게 너펄거렸다.

범어의 향기

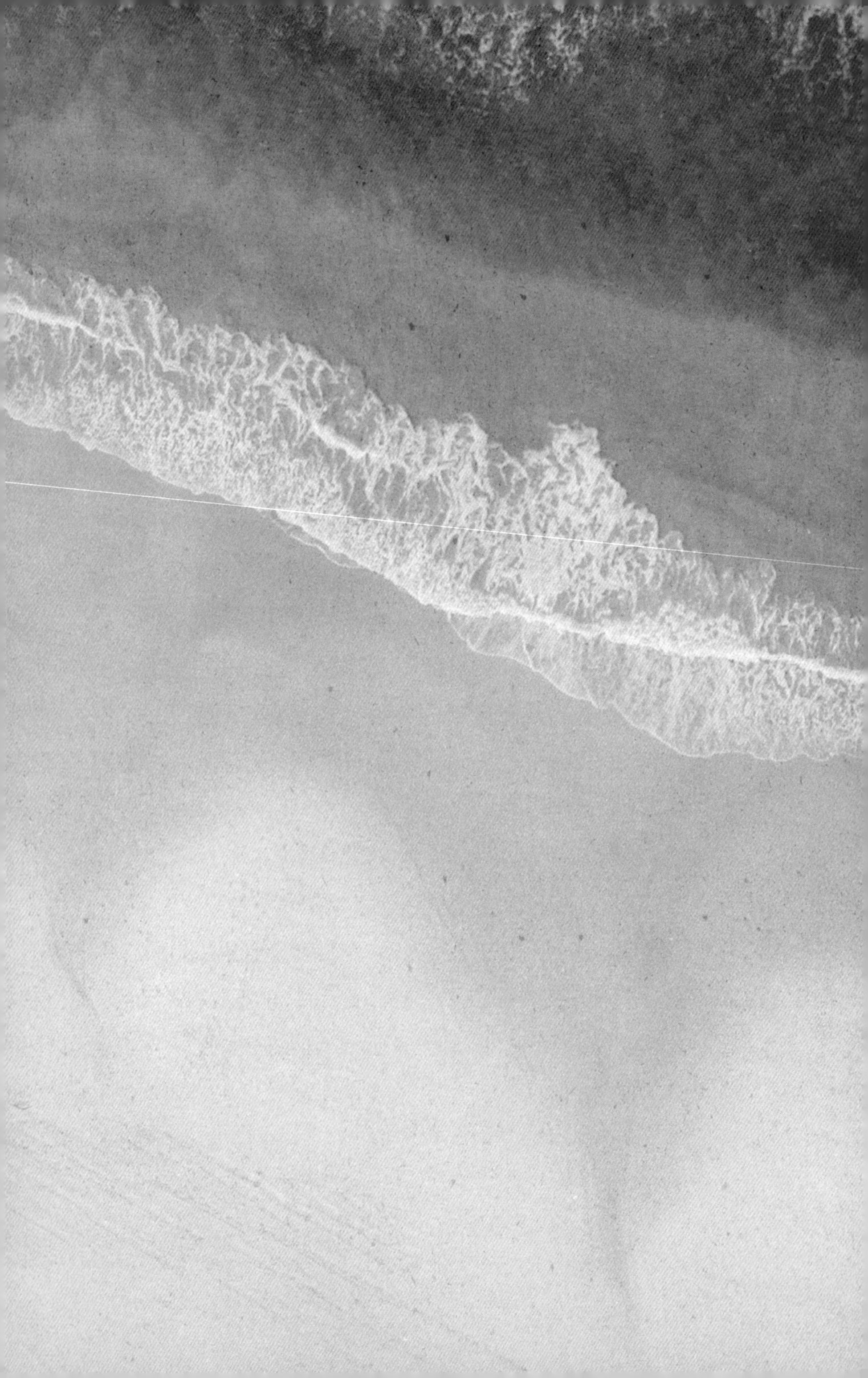

인물취재를 위해 범어사를 찾았다. 문화교양지 『머무는 시간』 에디터로 일하는 내가 가을 호의 '인물포커스'를 맡게 되었다. 취재할 인물은 한국화 화가인 정성호 화백인데 대학 선배이기도 했다. 정 화백은 중학교 미술교사로 근무하며 취미로 한국화를 그려오다 오 년 전 사직하고 그림에 전념하기 위해 입산했다. 정 화백 화실은 범어사 입구에서 오백 미터 떨어진 곳이었다. 햇살이 숨통을 틀어막을 것처럼 내리비쳤다. 화실 주차장에 차를 세우니 정 화백이 가까이 다가왔다. 차에서 내리자 그가 날 반기며 손을 덥석 잡았다.

"오랜만이네. 날도 더운데 오느라 고생했네."

"뭘요. 오는 길에 보니 누리길이 잘 가꾸어져 있네요. 길이 많이 달라졌더라구요."

흰 모시옷 차림의 그의 턱은 거뭇한 구레나룻으로 덮였고 머리카락은 목덜미 아래로 한 갈래로 묶여 있었다. 맑은 공기를 마시고 자연을 가까이해서인지 얼굴빛이 맑고 반지르르했다. 화실로 들어가 대청으로 올라갔다. 자그마한 앉은뱅이 다탁이 놓여 있는 곳에 정 화백과 마주 앉았다. 다탁 위에는 다기들과 찻잎이 든 봉지가 보였다. 그는 연잎 차를 한 잔 따라 주었다.

"자네는 요즘 어때, 사는 게 재미있어?"

"뭐 그럭저럭요."

이런 질문을 받을 때면 나는 답을 못할 때가 많다. 일주일에 두어 번의 술자리, 늘 읽을 수 있는 서너 권의 책, 미술관, 바흐, 사고 싶은 것들을 절반만큼은 거리낌 없이 살 수 있는 경제적 능력. 아내와는 특별히 좋을 것도 나쁠 것도 없는 그저 그런 관계가 주파수를 잘 맞춘 라디오방송처럼 유지되고 있었다. 그렇다 해도 뭔가 허전함은 늘 남아 있었다. 어쩌면 아내와 소원한 관계이면서도 아무 일 아닌 것처럼 나 자신을 속이는지도 몰랐다. 아내와의 일은 촛불을 끈 후의 잔향처럼 늘 머릿속을 부유했다.

"가을호에는 공연이나 전시회 소식이 많이 소개될 텐데 기사가 나가면 이번 정 화백님 개인전 홍보에도 도움이 되겠죠. 더운 날씨에 작업은 잘 되어가나요?"

"사실 더위는 핑계이고 나 자신과의 싸움 아니겠나. 한 작품만 완성하면 마무리 된다네. 그래도 산속이라 한결 낫지. 도시 속에서라면 엄두도 못 냈을 거야. 입산하고 나서 그림들이 좋아졌다는 소리를 듣기도 하니 말일세."

정 화백이 비워진 내 잔에 연잎 차를 따르며 말했다. 창밖으로 키 큰 소나무와 그 뒤로 운무에 휩싸인 산등성이가 시야에 들어왔다.

"한국화가로서의 모습이 멋져 보이는데요. 인생 이모작 농사를 잘 지으셨어요. 그런데 범어사 쪽에는 어떻게 들어오게 되셨죠? 어떤 계기가 있나 싶어서요."

"범어사 입구에 등나무 군락지가 있다네. 천연기념물이지. 오 년 전, 그걸 화폭에 담았다가 미술대전에서 금상을 받았어. 그때 내가 있을 곳은 여기라고 결정했거든. 내 경험을 돌이켜보면 말이야. 더 이상 물러날 데가 없는 벼랑 끝으로 몰리면 길이 다시 보이더라구. 저기 걸려 있군. 입상작은 팔렸고 저 그림은 이후에 다시 그린 거라네. 허허."

"아, 등나무 군락지요? 거기까지는 들어가 보지 못한 것 같은데요."

정 화백은 멋쩍은 듯 나를 보며 싱긋 웃었다. 벽에 50호 크기의 등나무 그림이 보였다. 등나무들이 군락을 이룬 가운데 보라색 등꽃들이 뭉게구름처럼 가득 피져 있었다. 자세히 보면 등나무가 다른 나무들에 엉겨 감기어 있었다. 신록과 보라색 구름, 아래로 흐르는 계곡물과 다리 등이 담겨 있었다. 한 폭의 아름다운 수묵담채화였다. 현관에서 정 화백을 부르는 음성이 들렸다. 정 화백이 이리로 들어와요, 했고 곧 연보라색 민소매 원피스 차림의 여자가 보였다. 정 화백은 여자가 근방에서 갤러리를 운영하는 이수안이라고 나에게 소개했고 나를 잡지기자 박우진이라고 수안에게 소개했다. 수안의 얼굴은 엷은 화장기가 비쳤지만 유독 입술은 짙은 붉은색으로 도드라져 보였다. 머리는 시원하게 올려져 있었다. 젊다고도 할 수 없었지만 딱히 나이 들었다고도 할 수 없는, 그 경계에 있는 듯한 얼굴이었다. 내려가는 길에 차 한 잔 마시려고요. 그녀가 홍조를 띤 얼굴로 말했다. 정 화백이 수안에게 차를 권했다. 차를 마시는 모습이 단아해 보였는데 비대칭으로 보이는 얼굴에는 알 수 없는 열기가 느껴졌다. 차를 마신 수안이 가벼운 미소를 머금으며 연잎 차는 언제 마셔도 은근한 향이 좋아요, 라고 말했다. 나는 수안이 오래전부터 앉아 있었던 것처럼 편안하게 느껴졌다.

"갤러리면 전문 화랑인가요?"

"화랑이라기보다는 카페에 더 가까운 공간이죠. 규모도 작아서 그림은 열 점도 되지 않아요."

"근방에 있다니, 한번 차 마시러 가고 싶군요."

"네. 여기서 범어사 방향으로 백 미터 정도 올라가면 수 갤러리라는 간판이 보일 거예요."

차 한 잔을 더 마신 수안이 자리를 뜨자 나는 작업실과 앞마당, 밖에서 본 건물 모습 등을 카메라에 담았다. 그러는 동안 해가 서쪽으로 기울었다. 산등성이를 바라보자 저녁의 잔광을 역으로 받으며 빛과 그늘이 희뿌옇게 뒤섞여 보였다.

"저녁을 먹으러 가세. 요 아래 내려가면 식당이 있어."

폭삭폭삭한 산길을 걸어가다 보니 길옆으로 흐르는 계곡물 위로 은비늘 같은 햇살이 반짝였다. 편백과 삼나무들이 우람한 숲을 이루고 있었다. 밭두렁에서 거름 냄새가 바람을 타고 물컥 끼쳤다. 무성한 잡목 사이로 난 자드락길을 따라 오 분쯤 더 걸어 내려가자 식당들이 몇 군데 보였다. 정 화백은 그 가운데 한 식당으로 들어갔다. 방으로 들어가 자리에 앉자 민들레, 쇠비름, 질경이 등의 산야초가 된장국과 함께 차려져 나왔다. 산야초 맛은 알근달근했고 국물 맛은 툽툽했다. 뽕나무 우려낸 물로 지었다는 흑미 잡곡밥은 달착지근하여 혀에 감겼다.

"이수안이란 분은 어떤 분인가요? 그늘진 표정 사이로 아슴아슴 밝은 빛이 내뿜어 나오는 듯하더군요. 그늘과 빛이 묘하게 뒤섞여 있다고나 할까……."

"금어 같은 여자라네."

"금어라고요?"

"범어사라는 절 이름에 대해 알고 있나? 금정산 산마루에 있는 금빛을 띤 우물이 가뭄에도 마르지 않았다고 하지. 금빛 나는 물고기가 오색구름을 타고 하늘에서 내려와 그 속에 놀았다고 하여 그 우물을 '금샘'이라고 부른다네. 하늘에서 내려온 금빛 고기와 황금우물, 산 이름을 따서 금정산 범어사가 된 거라네. 나는 수안이 마치 그 금빛 고기라는 생각을 한다네. 때로는 펄떡이고 때로는 유유히 움직이는 물고기 같거든."

"그런 유래가 있군요."

"안타까운 건 시력이 점점 없어진다는 병을 갖고 있다네. 게다가 현대의술로도 치료가 어렵다고 하더군."

"저런, 안되었네요. 치료가 되면 좋을 텐데요."

"그래서인지, 뭐든 허투루 보지 않아. 세상이 자신의 눈처럼 닮아간다고 생각한다네."

"네. 혹시 화백님은 다시 시내로 나가실 생각은 없으세요?"

내가 비어진 정 화백의 잔에 막걸리를 따르며 물었다.

"내가 퇴직을 하고 산에서 작품 활동에 전념하니 사람들은 부럽다고들 하지만, 사실 속사정은 그게 아냐. 한국화를 좋아하는 사람들은 한정되어 있고, 그중에도 직접 돈 주고 작품을 사려는 사람이 몇이나 되겠어? 그러니 호주머니 사정은 나아질 기미가 없고 텃밭을 일구는 게 그나마 위안이지. 전시회를 한번 열려고 해도 대관료가 만만치 않아. 그런데 한국화는 산속에서 그려야 제맛이 나거든. 허허."

정 화백은 금정산성 막걸리를 한 병 더 시켰다. 나는 잡지사 일에 대해 이것저것 얘기했다.

"마감이 다가오면 철야작업은 기본이고 필자들이 마감 전까지 원고를 보내주지 않아 독촉 전화하는 게 보통 고역이 아니에요. 요즘은 잡지조차 사이버로 읽는 세상이어서 매번 적자에 허덕이죠. 언제 밥줄이 끊어질지 모른답니다."

정 화백은 세상천지에 쉬운 일이 어디 있겠어, 하며 잔을 부딪쳤다. 편집부 김 에디터로부터 전화가 왔고 나는 잘 도착했으며 정 화백을 만났다고 했다. 식사가 끝나고 하룻밤 묵을 정 화백의 화실로 돌아왔다. 자리에 누웠지만 잠이 오지 않아 이리저리 뒤척거렸다.

가수 상태에서 어떤 여자의 모습이 보여 가까이 다가가니 자꾸 멀어져가기만 했다. 눈을 떴다. 꿈에서 본 나무 잎사귀 속에 가려진 희미한 여자의 얼굴이 가물거렸고 머릿속은 안개 속처럼 몽롱했다. 낮에 본 이수안이라는 여자였다. 시계는 새벽 두 시를 가리키고 있었다. 물을 한 잔 마시고 잠을 청했지만 몽롱하던 머릿속은 도리어 환해졌다. 윙윙대는 풀벌레 울음소리들이 끊임없이 고막을 할퀴었고 창밖으로 대나무가 바람에 이리저리 흔들리는 모습이 보였다. 정 화백은 옆에서 코를 골았는데 잠꼬대가 그 리듬에 맞추어 추임새처럼 흘러나왔다. 나는 피식 웃으며 일어나 밖으로 나왔다.

짙은 어둠 속으로 나는 스며들었다. 바람결에 나무들이 수런거리는 소리만 들릴 뿐 숲은 인적 하나 없이 고요했다. 조금 걸어가니 절에서 흘러나오는 엷은 불빛으로 인해 길이 희미하게 보였다. 내친 김에 절까지 올라가고 싶었다. 짙은 구름 안으로 숨어버렸는지 별은 보이지 않았다. 습기를 잔뜩 머금은 바람이 후덥지근하여 곧 비라도 내릴 것 같았다. 어디가 어딘지 분간할 수가 없었지만 희미한 불빛에 의지하여 천천히 걸어갔다. 길옆으로 흐르는 계곡의 물소리가 적막을 깨뜨렸다. 희끄무레한 건물이 보이자 나는 걸음을 멈췄다. 엷은 불빛 옆으로 수 갤러리 간판이 겨우 보였다.

갤러리 쪽으로 다가가자 누군가 출입문 앞 원탁에 앉아 있는 것이 보였다. 하얀 슈미즈 위에 하늘색 카디건을 걸친 채 긴 머리를 풀어 내린 여자는 수안이었다. 원탁 위에는 찻잔이 놓여 있었다. 나는 발을 멈추고 목례를 했다. 수안은 아직 사람을 알아보지 못했는지 경계하듯 몸을 움츠렸다. 내가 정화백 화실에서 만났던 박우진이라고 말하자 그녀는 아, 하는 소리를 내며 엷은 미소를 지었다. 괴괴한 밤공기에 그녀의 얼굴은 낮에 본 모습과는 사뭇 달랐다. 좀 앉으세요. 그녀가 말하자 나는 그녀의 옆 의자에 앉았다. 비가 오는지 나뭇잎들이 스르륵거렸고 탁자 위의 천장으로도 빗방울이 후두두거리는 소리가 들려왔다.

“잠이 안 와서 바람을 쐬려고요. 산의 밤풍경이 고적하네요. 절에서 나오는 불빛인 줄 알고 따라왔는데 이리로 왔네요.”

“저도 잠이 안 와 나왔어요. 시원한 공기를 좀 마시려고요.”

수안이 촉촉한 목소리로 말했다. 희멀건 그녀의 눈빛이 빗방울에 반사되어 반짝거렸다. 딱히 어디를 향하고 있는지 모를 몽환적인 눈길이었다. 그녀는 고개를 아래로 숙이더니 탁자 위에 놓여 있던 담배를 꺼내 물었다.

“담배, 하세요?”

수안이 라이터로 불을 붙이며 물었다. 나는 고개를 저었다. 빗방울이 점점 거세지는지 나무 잎사귀들이 후드득거리는 소리가 세차게 들렸다.

“바람이 후덥지근하더니…… 더위가 한풀 꺾이겠네요.”

“언제 갤러리를 열었나요? 삼 년 전에 여기 들렀을 때는 보이지 않았어요.”

잠시 아무 말이 없던 그녀는 숨을 한 차례 들이마셨다.

“일 년쯤 되었나. 오늘은 너무 늦었고…… 차 한 잔 대접할 테니 한번 오세요.”

“초대해 주셔서 고맙군요. 꼭 들르도록 하죠.”

수안의 얼굴에 희미한 미소가 번졌다. 빗방울이 탁자에까지 들이치며 툭 드르르 떨어졌다. 숲을 적신 빗방울은 내 가슴팍까지 촉촉이 적셨고 이내 선득한 기운이 일었다. 팔뚝에 소름이 소르르 돋았다. 그만 들어가시지요, 하고 말했지만 그녀의 눈에는 알 수 없는 광휘 같은 것이 번득일 뿐, 아무런 말이 없었다. 그녀와 이대로 밤을 보내고 싶은 충동이 일었지만 낯설어 보이는 그녀의 표정은 나를 머뭇거리게 했다.

"외람된 말씀이지만, 선생님에게서는 범상치 않은 기운이 느껴지는군요. 이런 산속에서 홀로 갤러리를 운영하는 것도 그렇고……."

얘기를 듣고 있던 수안이 갑자기 고개를 젖히며 큰 소리로 웃었다,

"난 바다 깊은 곳에서 자유롭게 유영하고 싶은 물고기죠. 나에게 있는 촉수는 항상 위기를 잘 감지하도록 벼려져 있어요. 미끼가 다가오면 맛을 보지만 무턱대고 삼키지는 않아요. 잡지기자라고요?"

"정 화백을 취재하러 들렀어요. 개인적 친분도 있어 이틀 출장을 신청했고 내일은 토요일이라 여유가 있죠. 그럼……."

나는 눈인사를 하고 자리에서 일어났다. 질퍽해진 길을 천천히 걸어 내려갔다. 이슬비가 흩뿌리듯 내리고 있었고 바람이 불 때마다 나무 잎사귀에 고여 있던 빗방울이 후드득 떨어져 내렸다. 문득 뒤돌아 바라보았을 때, 그녀의 몸은 수족관

속의 수초처럼 하늘거리는 듯했고 그녀의 입에서 나오는 하얀 담배연기가 스멀스멀 피어 올라갔다.

햇살이 눈을 찔렀다. 눈을 뜨니 열 시가 다 되어 있었다. 욕실에서 씻고 나오자 정 화백이 아욱과 오이를 주방에서 씻고 있었다. 방금 텃밭에서 캤다며 오이를 먹어보라고 내밀었다. 한 입 베어 씹고 나니 식욕이 느껴졌다. 정 화백이 아침으로 나물 비빔밥을 만들었다.

"매일 식사준비 하시려면 힘들지 않나요?"

"일주일에 한 번은 마누라가 다녀간다네. 그렇지 않으면 내 사는 꼴이 말이 아닐 걸세. 애들 공부가 끝나면 마누라도 여기 들어올 거야."

"어젯밤에 수 갤러리 앞에서 이수안 님을 잠깐 뵈었어요."

나는 숭늉을 마시며 말했다.

"그래? 어젯밤 같이 들어왔는데…… 다시 산책…… 나간 거야?"

정 화백이 화들짝 놀라며 더듬대듯 말했다.

"네. 잠이 안 와서요. 이수안 선생님도 우연히 밖에 나와 있던 걸요. 이곳까지 혼자 들어와 사는 게…… 용기가 대단한데요."

"음, 범어사 근처로 온 사연이 있을 걸세. 가까이하지 말게

나. 요괴 같은 여자야. 한번 미끼를 물면 절대 놓지 않는다네. …… 아니 그런 소문이 있더군."

정 화백의 가느스름하게 뜬 눈의 눈꺼풀이 미세하게 떨리는 것이 보였다.

차를 한 잔 마시고 나자 정 화백은 벼루에 먹을 갈기 시작했다. 커다란 접시에는 색 물감이 팔레트처럼 테두리를 두르고 있었다. 화실 벽에는 두 개의 그림이 족자에 걸려 있었다. 미처 표구하지 못한 그림들은 선반 한 모퉁이에 쌓여 있었다. 작업하는 그림은 〈범어사의 너덜경〉이라고 했다. 밑그림은 연필로 스케치되어 있었고 찍어놓은 사진이 앞에 보였다. 너덜경이 뭐죠? 하고 물었다. 바위들이 빙하기를 거치면서 풍화되어 화석화된 바위군이라고 정 화백이 말했다. 바위 사이에 키 큰 참나무가 보였다. 먹물에 적셔진 붓이 화선지를 스쳐가자 두루뭉술하거나 울퉁불퉁한 바위들이 농담을 달리하며 입체적인 모양으로 도드라졌다. 참나무 그늘과 햇살이 비치는 양지가 붓에 의해 음영이 또렷해졌다.

나는 화실에서 정 화백이 작업하는 장면과 잡지에 실을 작품 〈등나무 군락〉을 카메라에 담았다. 노트북을 열어 기사의 초고를 간략히 썼다. 전시회 얘기, 밭에서 텃밭 일구며 작품 활동하는 모습 등이 주 내용이었다. 편집실에서 기사를 퇴고하여 완료되면 메일로 보내겠다고 말했다. 기사를 읽어본 정 화백이 고개를 끄덕였다. 노트북을 덮은 나는 산책을 다녀오기 위해 밖으로 나왔다. 정 화백이 범어사 쪽으로 가다 보면 등나무 군락지가 있으니 꼭 들러보라고 했다.

간밤에 내린 비로 인해 떨어진 나뭇잎과 설익은 도토리들이 땅바닥에 어지럽게 널려 있었다. 나무 사이로 들이치는 햇살이 잎사귀의 물방울에 부딪혀 나무들은 긴 광선들로 얽혀 있는 것처럼 보였다. 머리칼을 스쳐가는 바람이 싱그러웠다.

밤에는 보이지 않았던 '문화체험 누리길'이라는 이정표가 보였다. 길게 뻗어 있는 계곡을 따라 폭삭한 흙을 자박자박 밟으며 걸었다. 때죽나무, 서어나무, 상수리나무들이 울창해 보였다. '명상의 공간' 이정표 옆으로 데크로 조성된 쉼터가 보였다. 등산객 서너 명이 벤치에 앉아 있었다. 조금 더 걸어 올라가니 김종식 그림비가 보였다. 바위에 〈부산항〉이라는 그림과, 화가에 대한 짧은 해설이 새겨져 있었다. 비석에는 글자만 새기는 게 아니라 그림도 붙여 걸 수 있는 것이리라. 김두동 시인의 「숲」이라는 시비, 이주홍 선생이 쓴 「감꽃」 시비와 요산 김정한 선생의 문학비가 차례대로 나왔다. 이슬람권의 두 여자가 더운 날씨에도 발목까지 오는 옷을 입고 히잡을 쓴 채 셀카 봉으로 사진을 찍는 모습이 보였다.

범어사 진입로를 따라 올라가니 등나무 군락지 안내판이 보였다. 천연기념물 제176호라고 적혀 있었다. 6500여 그루의 등나무가 5월 초순경에 꽃을 피운다고 했다. 다리 옆으로 계곡을 흐르는 물소리가 시원하게 들렸다. 군락지를 한 바퀴 돌아보는 데는 삼십 분이 소요된다고 입간판이 알려주었다. 숲에서 흘러나오는 피톤치드를 마시며 산책로를 돌았다. 군락지를 돌아 나오는 마지막 쉼터에서 호흡을 가다듬으며 발걸음을 멈췄다. 다섯 명쯤으로 보이는 사람들이 원 모양으로 둘러선 채 체조를 하고 있었다. 나도 모르게 동작을 지켜보았다. 그중에 안면이 익은 사람이 보였는데 자세히 보니 수안이었다. 양손을 깍지 낀 채로 상체를 아래로 숙이기도 하고 앞으로 뻗었다가 위로 올리고 좌우로 틀어주기도 했다. 몇 가지 동작을 더 한 다음 숨쉬기 동작으로 마무리했다.

체조가 끝나고 사람들은 흩어져 산책길로 들어갔다. 수안과 얼굴이 마주치자 나는 목례를 했다. 그녀는 반가운 웃음을 보이며 다가왔다.

"일행이 있군요. 나는 먼저 갤러리에 가서 기다려도 될까요? 차 한 잔 마시고 싶은데요."

"이제 자유 산책시간이라 뿔뿔이 흩어질 거예요. 좀 쉬었다 함께 가요."

수안과 나는 벤치에 앉았다.

"산책하러 가겠다고 하니 화백님이 등나무 군락지를 돌아보라고 하더군요."

"그분 그림 중에 등나무 소재가 많은 편이죠. 등나무에 얽힌 전설 혹시 알아요?"

수안이 나를 돌아보며 물었다. 나는 고개를 내저었다.

"어느 마을에 한 청년을 두 자매가 사랑했대요. 그 청년이 전쟁터에 나가 죽었다는 소식에 언니가 충격을 받고는 장독 뒤에서 울고 있었죠. 동생도 길모퉁이에서 서럽게 울었대요. 그러다 한 청년을 같이 사랑했다는 사실을 알고는 함께 연못에 빠져 죽었는데 등나무가 되었대요. 구사일생으로 살아 돌아온 청년이 두 자매의 죽음을 슬퍼하다가 연못에 몸을 던져 팽나무가 되었죠. 등나무는 한 몸이 되어 팽나무를 휘감으며 등나무의 못다 이룬 사랑을 보랏빛 꿈으로 피워냈다고 해요."

"결국 죽어서 사랑을 이루었군요."

수안과 나는 자리에서 일어나 군락지에서 내려갔다.

"오다가 히잡을 쓴 아랍권 여성들이 보이더군요."

"대웅전 옆으로 돌담길과 대나무 숲이 있는데 한국의 아름다운 길로 지칭되고 있어요. 어쩌면 외국인이나 외지인들이 범어사를 더 많이 찾을지도 모르겠어요."

"아, 그 길은 한번 가본 기억이 나는군요."

어느새 수 갤러리가 보였고 함께 안으로 들어갔다. 수안은 주방 쪽으로 갔고 나는 벽에 걸린 그림들을 감상했다. 여섯 작품 중 두 작품은 정 화백 작품이었다. 구석진 자리에 앉았다. 바짝 죄어든 근육이 이완되는 것 같은 느낌에 마음과 몸이 함께 녹진하게 풀어지는 기분이었다.

수안이 매실차를 두 잔 가져와 내 앞에 앉았다. 운동복 대신 검은색 민소매 탑과 자주색의 짧은 스커트 차림의 갤러리 주인으로 돌아와 있었다. 몸에 달라붙은 탑은 가슴의 골을 드러내고 있었다. 얼굴이 홧홧해지는 것을 느끼며 시선을 비켜 차를 들이켰다. 갤러리가 숲에 둘러싸여 무척 운치가 있고 고요한 세계가 느껴진다고 나는 말했다. 그녀의 얼굴빛이 발그레해지며 그래요? 라고 말했다. 그녀에게서는 젊은 여자의 순수와 삶의 질곡을 거쳐온 자만이 가진 깊이가 함께 머무는 듯한 인상이 느껴졌다. 그 느낌이 어디로부터 오는지 궁금했다.

"왜 이런 절 근처에 갤러리를 열었지요?"

"건강이 좀 안 좋아요. 화백님에게 들으셨는지 모르지만 시력이 점점 상실되어가는 병에 걸렸어요. 황반변성이라고 들어보셨지요. 동공이 조금씩 작아져 결국에는 닫혀버린다는……. 더 눈이 멀기 전에 공기 맑고 고적한 곳에서 살고 싶더군요. 작은 찻집이나 열려고 장소를 물색하던 중 여기가 마음에 들어 입산했어요. 다른 이유가 또 있기는 하지만……."

수안이 입술을 살짝 비틀며 다른 곳으로 시선을 던졌다.

"저런……. 하루하루가 예사로 느껴지지 않겠군요. 이런 곳에 살다 보면 병도 치유될 거라는 생각이 듭니다만."

"지푸라기라도 잡고 싶은 심정이에요. 명상호흡이 좋다고 하여 동호회에 들어가 배우고 있죠. 아까 보셨지만 기혈체조를 자주 하구요. 회원들과 불교경전 화엄경을 읽고 토론도 한답니다."

"심신수양을 하는군요. 화엄경이라면 유명한 불교경전인데 기억이 어렴풋하네요. 불교에서 추구하는 이상적인 삶이란 어떤 걸 말하는 걸까요?"

"글쎄요. 맑고 청정한 마음과 신체로 서로 돕고 이해하며 행복이 충만한 삶? 하지만 그 이상을 실천하기란 녹록지 않잖아요."

수안이 차를 들이켰다. 바람이 불어와 얼굴의 진득진득한 땀을 식혔다.

"죄송합니다. 어딜 가든 취재하는 습관이 붙어서…… 선생님께 이것저것 물어보고 귀찮게 해드린 것 아닌지 모르겠네요."

"아네요. 손님이 없을 때는 이렇게 찾아주는 것만도 고맙지요. 찻집은 손님들이 있어야 빛이 난답니다."

"여기는 주로 불자들이 방문하는가요?"

"절을 찾는 사람들이 차를 마시러 많이 들르기도 하지만, 등산객들이 들르기도 해요. 주말에는 많이 붐빈답니다."

수안이 나를 보며 말했다. 얼굴은 나를 향해 있었지만 시선은 벽을 향하고 있는 듯했다. 안개가 서린 듯 흐릿한 눈동자는 딱히 어디를 보고 있다고 말할 수도 없었다. 상념에 잠긴 듯 상대방을 비켜 있는 수안의 시선 때문인지 왠지 안온한 느낌이 감돌았다. 잔이 빈 것을 보고 수안이 자리에서 일어났다. 주방으로 가 보온병과 다기 세트를 가져왔다.

"녹차를 더 마셔보세요."

수안이 녹차를 우려낸 찻물을 내 잔에 부었다.

"이런 곳에 앉아 따뜻한 차를 우려내어 마시니, 영혼의 찌꺼기가 씻겨 내려가는 느낌이군요. 여기 몇 년 살다 보면 저절로 선승의 경지에 다다르겠다는 생각이 듭니다만."

"꼭 그렇지는 않아요. 여기는 차와 그림을 파는 업소다 보니, 수익에 관여 안 할 수가 없어요. 그러니 나 역시 세속에 묻혀 있을 수밖에 없는 거죠. 그 때문에 명상과 호흡으로 마음과 몸을 다스리는 것이기도 하구요."

그때 왁자하게 떠드는 소리가 들리더니, 등산객으로 보이는 세 명의 여자 손님들이 들어왔다.

"저는 그럼, 이만 실례하겠어요."

나는 목례를 하고, 갤러리를 나왔다. 화실로 내려가는데 정화백으로부터 전화가 왔다. 어디 갔는지 찾았다며 전시회 일로 시내에 나가니 돌아올 때까지 기다리라고 했다. 나는 취재가 끝나 내려가는 참이라고 했다.

사위는 희붐했고 푸르스름한 보랏빛 어둠이 밀려들었다. 자동차를 타고 내려가는 내내 지난밤의 비에 젖어가던 숲과 교교히 빛나던 불빛이 머릿속을 자꾸 할퀴어 들었다. 수안의 고아하면서도 도발적인 자태가 자꾸 어른거렸다. 자동차가 지그재그로 흔들렸다. 나는 자동차를 멈추고 핸들에 머리를 묻었다. 한동안 움직이지 않은 채 고요히 내 마음의 향방을 좇았다. 수안이 날 부르는 소리가 들리는 것 같아 고개를 번쩍 들었다. 시간이 흘렀는지 어느새 사위는 어둑해져 있었다. 나는 핸들을 꺾었다.

수안은 갤러리 바닥의 매트 위에서 눈을 감은 채 요가를 하고 있었다. 그녀가 두 팔을 앞으로 내밀며 엎드린 자세가 마치 물고기 같아 보였다. 명상 음악이 고요히 흐르고 있었다. 나는 창밖에 시선을 던지기도 하고 폰을 만지작거리며 기다렸다. 수안이 눈을 뜬 것은 이십여 분이 지난 뒤였다. 그녀는 휘둥그레진 눈으로 나를 바라보더니 자리에서 일어났다. 그녀에게 무슨 말을 해야 될지 막막했고 머릿속은 하얀 빛들로 채워졌다. 차를 한 잔 더 마셔야겠다고 말할까, 했지만 어떤 변명거리도 다 부질없을 것이라는 생각이 들었다. 나는 수안을 멍하니 바라보고 있었고 수안도 말없이 나를 바라보기만 했다.

"다시 오셨군요. 이리로 앉으세요."

"폰이 안 보여 돌아왔는데…… 찾아보니, 주머니 안에 ……."

나도 모르게 변명이 튀어나왔다. 수안이 설핏 미소를 지었다. 수안이 권하는 자리에 앉았다. 뭘 마실래요? 시장하시지 않으세요? 하고 수안이 물었지만 나는 아무 대답도 하지 않았다. 수안은 매실주 한 잔 하실래요? 하고 물었다. 나는 고개를 끄덕였다. 잠시 후, 수안이 매실주와 망개떡을 가져왔다.

"저녁은 이렇게 간편하게 해결한답니다. 박 기자님에게는 성에 차지 않을지 모르겠는데 어쩌지요?"

"아닙니다. 저 역시 사무실에서 작업을 하다 보면 저녁을 거르기 일쑤죠. 이것만도 감지덕지랍니다."

나는 매실주를 한달음에 마셨다. 여름밤에는 늘 목이 타는 법이었다. 수안은 떡을 하나 먹고는 매실주를 마셨다. 어느새 수안의 얼굴이 발그레해졌다.

"범어사 근처에 자리를 잡은 데는 무슨 사연이라도 있는가요?"

"범어사와의 인연을 얘기하자면, 이야기가 길어요. 초등학교 일학년 때 부모님이 헤어졌어요. 엄마는 공부하러 간다며 일본으로 가버렸어요. 알고 보니 그곳에서 재혼했다고 하더군요. 아버지가 한동안 홀로 나를 키우다 이모 집에 맡기고는 사라졌어요. 난 그때부터 부모에 대한 원망이 가득했어요. 이모가 나를 은연중에 구박한다는 생각이 들 때마다 남몰래 많이 울었죠. 하루하루가 신경 줄이 터져버릴 것 같은 나날이었어요. 몇 년 후에야 이모는 아버지가 범어사에 들어갔다고 하더군요. 대학생이 되어 아버지를 찾으려고 범어사에 왔지요. 아버지는 사 년 수행을 하고 수계를 받은 후 다른 절로 갔다고 하더군요. 어디로 갔는지 비밀로 하더군요. 그 뒤로 아버지를 잊고 일만 하며 살았어요. 마흔을 넘기고 또다시 아버지가 보고 싶어졌어요. 언젠가 범어사로 올지 모른다는 생각에 여기에 찻집을 열었어요. 깊숙이 맺힌 응어리를 어떻게든 풀고 싶었어요. 설령 만나지 못하더라도 절의 향기가 내 속의 응어리를 씻어줄 거라 믿었지요."

나는 수안을 물끄러미 바라보았다. 그녀의 희끔한 눈은 마치 세속으로부터 닫혀버린 눈 같았다. 어쩌면 나는 성스러움과 세속이 뒤섞여 있는 듯한 그녀에게 매혹되고 있는지도 몰랐다.

"인연이란 게 뭘까요? 고통과 번민만 안겨주고 달아나 버리는 전생의 원수일까요? 그 생각 때문에 여직 혼자 살고 있는지도 모르죠. 후후."

"인연을 잘 맺으면 그만한 축복이 없답니다. 수안 선생님의 간절한 바람은 부처님이 알아줄 겁니다."

나는 선하품을 길게 했다. 이미 매실주는 두 병이 비워져 있었다. 까무룩 눈이 감겨왔다. 나는 그대로 탁자에 엎드렸다.

얼마 후 정신이 들어 눈을 떠보니, 수안의 방에 함께 누워 있었다. 더위에 녹아들어 가는 농밀한 밤이었다. 밖으로 빗소리가 세차게 창을 두들겨대는 소리가 들렸다. 그 사이로 대나무가 바람에 흔들리는 소리도 들리는 듯했다. 나는 그녀를 품었다. 그녀의 품은 넓고 깊었다. 그녀는 뱀의 혀처럼 나를 휘감고 빨아들였다, 세속과 탈속이 농축된 그녀의 향기 속으로 난 거침없이 빠져들며 그 향을 흠씬 들이쉬었다. 한 번도 내가 들어가 보지 못한 신천지였고 몰아의 경지였다. 나는 숨이 멎는 듯했다. 곧 수안이 잠들었고 풀잎이 바람에 스치는 소리 같은 숨소리가 들렸다. 나는 눈을 감았다.

눈을 뜨니 새벽이었다. 수안이 보이지 않았다. 황토로 지어진 방에 가구라고는 붙박이장과 화장대뿐이었다. 화장대 위에는 보라색 향초의 불꽃이 가녀리게 흔들리고 있었다. 라벤더 향이 은은했다. 옷매무새를 고치고 밖으로 나갔다.

갤러리 밖은 빛이 부옇게 터지며 숲을 휘감고 있었다. 숲의 공기를 깊이 들이켰다. 하늘이 청람 빛으로 서서히 틔어왔다. 언제까지나 여기, 수안 곁에 머무르고 싶다는 생각이 짧게 스쳤다. 수안이 산책로를 따라 걸어오며 저만치서 손짓했다. 얼굴에서 빛이 뿜어져 나오는 것처럼 보였다. 불꽃 같은 여자였다. 대체 저 여자는 누구이며 나는 왜 여기에서 머뭇거리고 있는가. 현실과 꿈의 경계에 선 채 향방을 잃어버린 미아가 된 기분이었다. 이틀밖에 지나지 않았는데도 일주일은 흐른 듯했고 시간이 어디론가 멀리 달아나버린 듯했다.

"아침공기가 싱그럽죠. 아침에 일어나 숲을 볼 때마다 하루하루가 새로워요. 매일 향기가 다르게 느껴지거든요."

갤러리 앞마당으로 들어서는 수안의 태연한 말이 어색한 분위기를 걷어냈다. 수안과 나는 원탁에 나란히 앉았다.

"혹시 정 화백님도 갤러리에 자주 들르시나요?"

수안은 고개를 약간 숙였다. 다시 나를 바라볼 때는 얼굴이 홍조에 물들어 있었다.

"사실 이 갤러리도 그분이 지어주신 거나 다름이 없어요. 우리는 공생의 관계라고 할 수 있어요. 하지만 그것도 내 눈이 보일 때까지고…… 눈이 더 어두워지면 갤러리를 닫을 수밖에 없죠."

수안의 표정은 멀어져가는 눈처럼 아득해 보였지만 말투에는 강단이 서려 있었다.

"내 눈이 닫혀버리면 난 또 어디론가 떠나게 될 거예요. 기자님께 한 가지 부탁드려도 되나요?"

"무슨 부탁인지…… 제가 들어줄 수 있다면 좋겠네요."

"아버지는 언젠가 범어사로 돌아올 거예요. 그때쯤 내 눈은 멀어 있을지도 모르죠. 그때 내 기사를 써주세요. 스님이 된 아버지를 만나러 왔다가 그 아버지를 못 만나고 등나무처럼 다른 사람들과 엉기며 살아야 했던 여자에 대해서…… 아버지가…… 그 기사를 보고 날 찾을지도……."

수안은 물기가 배인 눈으로 날 일별하더니 양손으로 얼굴을 감쌌다. 나는 수안의 머릿결을 쓰다듬었다. 지푸라기라도 잡는 심정이라고 호소한 그녀의 말이 떠올랐다. 점점 세상이 어두워지는 것을 홀로 감당해야 하는 심정은 어떤 것일까? 금샘의 물고기처럼 퍼덕이며 범어사의 향기를 품었던 그녀야말로 다음 취재의 대상이 될 거였다.

"그렇게 하죠. 수안님이야말로 꼭 취재하고 싶다는 생각이 들었거든요. 가급적 아버지도 빨리 만날 수 있기를 기도할게요."

나는 수안의 손을 살며시 그러쥐었다. 어디선가 새들이 푸드덕거리는 소리가 들렸다.

명랑한 외출

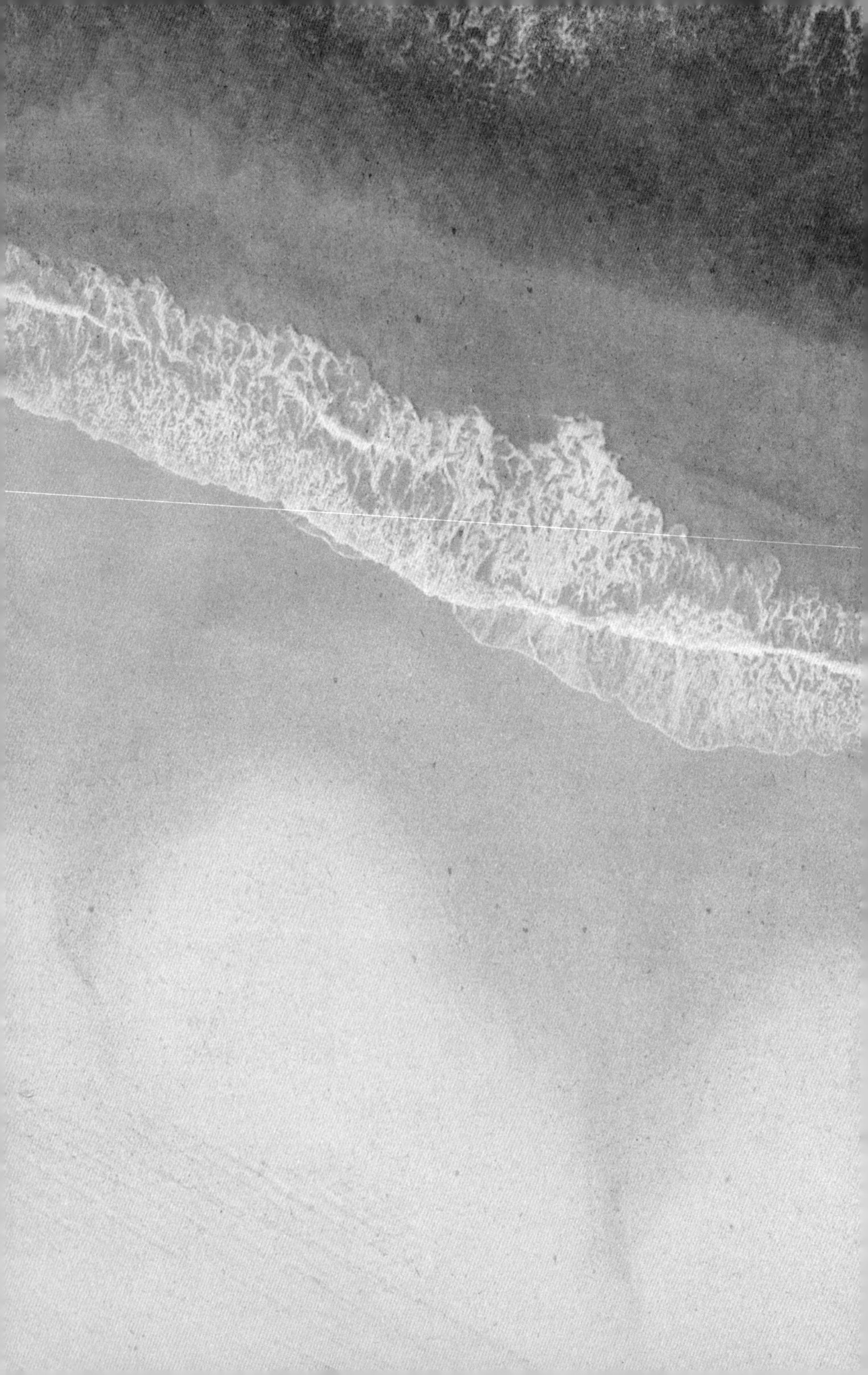

그녀는 바람을 가르며 페달을 밟았다. 자전거로 십 분을 달리자 바다가 나타났다. 해안사구와 갯벌에 내리는 낙조가 아름답다는 바다였다. 안개와 구름이 많은 동네라 그런지 시야가 희끄무레했다. 바닷바람에 그녀의 긴 머리칼이 제멋대로 헝클어지자, 팔목에 있던 고무줄로 질끈 묶었다. 그녀의 웃음이 뜨거운 햇살을 받아 점점 부풀었다. 백사장 입구 자전거 거치대에 자전거를 세우고 신발을 벗어 들고 백사장으로 걸어갔다. 발바닥에 느껴지는 모래들이 깔끄럽고 뜨거웠다. 평일이라 사람들은 많지 않았다. 교복을 입은 여고생 세 명이 책가방을 짊어진 채 조잘대며 지나갔다. 납빛의 건조한 모래알들이 그녀의 발아래에서 뭉개지듯 버석거렸다. 성큼성큼 걷던 그녀가 뒤돌아보자, 자신의 발자국들이 공룡 발자국처럼 보였다. 바다에 뛰어든 사람은 별로 보이지 않았다.

한참을 걸어가던 그녀는 기운이 하나도 없어 털썩 주저앉았고 그대로 누워버렸다. 뙤약볕이 그녀의 몸을 휘감았다. 코발트색 하늘에 뜬 양털구름이 서쪽으로 움직이는 것이 보였다. 따가운 햇살에 절로 눈이 감겼다. 모랫바닥에 누워 있던 그녀가 일어나더니 모래를 파헤쳐 커다란 모래무덤을 만들었다. 그 안에 쏙 들어가 눕고는 눈을 감았다. 눈물이 조금 흘러내려 모래와 뒤범벅되었다. 민소매 티셔츠 안으로 들어간 모래가 껄끄러우면서 간지러웠다. 그녀는 발딱 몸을 일으켜 온몸을 흔들었다. 몸에서 소금 냄새가 나면서 모래들이 푸슬푸슬 흘러내렸다. 모래는 아무리 털어도 끝없이 떨어져 내렸다. 뜨거운 햇살과 모래 덕분에 그녀의 옷은 꾸덕꾸덕 말라갔다. 갯벌을 지나가자 조물조물 기어가던 불가사리와 게들이 시선을 어지럽혔다. 진흙을 뚫고 나온 생명의 흔적이 자잘한 구슬 모양으로 박혀 있었다. 그녀는 구슬 모양의 구멍을 오르내리는 게들을 한참 바라보았다. 다리가 서서히 아파왔다. 그녀는 자전거를 타고 집으로 돌아왔다.

아이가 없는 집 안은 무료하고 적막했다. 장난감들이 방 한 구석에 헝클어져 있었다. 아이는 도미노 게임을 좋아했다. 그녀가 삼백 개의 도미노 조각들을 일렬로 세워놓으면 아이는 장난감 자동차를 그 조각들 위로 지나가게 했다. 조각들이 차례로 무너지는 것을 보며 아이는 깔깔거렸다. 조각들이 쓰러지는 데는 일 분도 채 걸리지 않았다. 장난감도서관에서 대여한 장난감이었다. 그녀는 장난감을 간추려 한구석에 쌓아 놓았다.

욕실로 들어가 욕조에 물을 채웠다. 수증기가 올라오자 거울 속 형체들이 희뿌옇게 뭉개졌다. 모두가 자신을 버리고 어디론가 사라졌다. 아이는 어디로 간 것일까. 그녀는 자신의 처지가 우스워 입술을 일그러뜨려 깔깔대었다. 샤워기 물줄기를 거울에 끼얹자 어떤 여자의 얼굴이 보였다. 환영처럼 떠오른 얼굴이 엄마라는 것은 금방 알 수 있었다. 엄마의 얼굴은 조금 무서워 보였다. 거울은 다시 희붐해졌고 그 사이로 젊은 여자의 얼굴이 얼비쳤다. 일그러진 얼굴 위로 짠물이 그녀의 입술에 흘러들었다. 설마 산 입에 거미줄 치겠어. 혼자니까 겁날 것도 없잖아. 죽기보다 더하겠냐고. 정희진, 기운 내. 그녀는 혼잣말을 하며 샤워기로 온몸의 거품을 씻어 내렸다.

백화점 지하 일 층에는 특별할인전이 열리고 있었다. 정상가보다 삼십 프로 할인이라고 했다. 여자들이 어깨가 맞닿을 정도로 붙어 서서 속옷을 고르고 있었다. 그녀도 빈틈이 보이는 곳에 비집고 끼어들어 브래지어와 팬티를 골랐다. 스팽글이 많은 자주색 브래지어 세트가 시선을 끌었지만 갖고 싶지는 않았다. 스팽글을 보면 엄마가 떠오르기 때문이었다.

어느 날 엄마는 돈을 벌어야 한다며 비즈 재료를 한 아름 들고 와 액세서리를 만들기 시작했다. 우레탄 고무줄을 시계줄 길이만큼 잘라 장미수정과 크리스탈 볼을 섞어 만든 팔찌는 앙증맞고 화려했다. 엄마가 외출했다 돌아올 때는 늘 비즈 재료가 들려 있었다. 크리스탈, 큐빅, 진주 파이어 플래쉬, 그래스비즈 등 색과 모양이 다른 그것들을 탁자 위에 죽 늘어놓았다. 엄마는 할 일이 그것밖에 없다는 듯 밤을 새워 구슬을 꿰었다. 때로는 마음에 들지 않는 듯 다 만든 팔찌 와이어를 잘라버려 구슬들이 차르르 방구석으로 흩어지기도 했다. 엄마는 그것을 담을 생각도 않고 망연히 쳐다보기만 했다. 집 안은 늘 구슬들이 여기저기 흩어져 굴러다녔고 시간도 덩달아 굴러다니는 것 같았다. 장식대 위에는 엄마가 만든 목걸이, 팔찌, 귀걸이 등의 액세서리들이 빼곡 쌓여 있었고 엄마는 그것들을 가져가 액세서리 가게에 팔았다. 그녀는 친구의 값비싼 필통이 욕심날 때 엄마가 만든 목걸이, 팔찌를 몰래 가져가 바꾼 적이 있었다. 그녀는 엄마의 삶도 이미테이션 같은 게 아닐까, 하는 생각이 들고는 했다.

그녀는 붉은 장미색 브래지어, 팬티 세트를 골랐다. 사이즈가 다른 것을 몇 개 더 고른 다음 재빨리 가방 안으로 집어넣었다. 살며시 몸을 돌려 백화점을 유유히 빠져나왔다.

밤늦은 시각에 그녀는 화장대 거울 앞에 앉았다. 거울에는 낯선 여자가 나타났다. 진한 화장으로 프릴과 레이스 장식이 화려한 붉은 장미색 슬립을 입고 있었다. 흑진주 목걸이, 귀걸이를 하고 손에는 다이아 반지를 끼고 있었다. 검은색 실크 드레스에 흑장미색 루즈를 바르고 광택 나는 승용차에 손을 얹고 있었다. 도도하고 고혹적인 미소가 물결처럼 흘렀다. 그녀는 피식 웃으며 고개를 세차게 흔들었다. 다시 거울 속에는 익숙한 얼굴이 나타났다. 목이 늘어진 티셔츠에 색이 바랜 카키색 반바지를 입은 자신이 보였다. 의식이 또렷해지면서 달구어지는 프라이팬 위의 계란처럼 서서히 표정이 굳어졌다. 욕실을 나와 벽에 기대어 방바닥에 앉았다. 창으로 달빛이 희미하게 새어들었다. 창문은 맞은편 건물의 벽과 거의 맞닿아 있어 답답하고 어두웠다. 달을 보려면 창밖으로 고개를 내밀어야 했다. 달은 이내 구름 속으로 들어갔는지 보이지 않았고 맞은편 건물 벽 모서리에 흰 달빛이 그어져 있었다. 그녀는 고개를 안으로 들였다. 얼마 후 둥근 달이 사방에 하얀 빛을 퍼뜨리며 나타났다. 그녀는 다시 고개를 창밖으로 내밀었다. 달은 다시 초승달이 되었고 점차 반달이 되어갔다. 갑자기 시큼한 음식쓰레기 썩는 냄새가 코를 찔렀다. 그녀는 미간을 찌푸리며 손으로 코를 막고는 창문을 닫았다.

그녀의 방에 있는 서랍장에는 백화점에서 가져온 브라 세트, 캐미솔, 슬립, 가터벨트 등이 스무 개쯤 차곡차곡 개켜져 있었다. 가끔 딸아이 한나를 옆집 할머니집에서 놀게 하고 찾아간 백화점에서 들고 온 것들이었다. 그녀는 블랙 레이스와 붉은 장미꽃 무늬로 장식된 슬립을 입었다. 검은색 스타킹을 신고 가터벨트를 맸다. 그녀는 이런 차림으로 잠들면 마치 꿈속에서나마 멋진 남자를 만나 사랑을 나눌 수 있을 것 같았다.

전등을 끄려고 할 때 노크 소리가 들렸다. "새댁, 문 좀 열어 보래이." 옆집 노파의 목소리가 들렸다. 노파는 가끔 상추랑, 옥수수를 밭에서 캐왔다며 가져다주고는 했다. 노파가 딸아이를 찾을지 모른다는 생각에 잠시 망설였다. 적당한 변명거리를 생각해낸 그녀는 후다닥 옷을 갈아입고 문을 열었다. 골다공증을 앓고 있는 할머니는 허리가 사십오 도쯤 굽어 있었다. 평생 허리 펴서 하늘 한번 시원하게 못 볼 거라고 한탄하고는 했다.

"아직 안 잤는겨? 나이가 들면 잠이 달아나뿌는기라. 새댁, 이거 같이 먹제이."

노파는 부침개를 담은 쟁반을 들고 있었다. 노파는 신발을 벗고 올라와 바닥에 털썩 앉았다.

"부침개 만드셨어요? 맛있겠다."

그녀는 젓가락을 들고 와 부침개를 한 입에 먹기 좋게 찢어 놓은 다음 한 개를 집어 입에 가져갔다.

"맛있게 부쳐졌네요. 할머니, 어서 드세요."

"그려. 한나는 잠들었지를? 이거 잘 먹을 낀데."

그녀 표정이 굳어졌다.

"하…… 한나는요…… 친구 집에 며칠 있으려고 갔어요. 제가 요즘 벼…… 병원에 좀 다녀야 하거든요."

"젊은데 무슨 병이라도 걸린 거여? 내가 한나 봐줄 텐데 어딜 보낸 거여? 미리미리 나사야제 안 그러면 큰 병 되지를."

"아드님은 한국에 한번 다녀가지 않는대요?"

노파 얼굴이 먹구름이 지나가듯 어두워졌다. 젓가락으로 부추전을 뒤적거리는 노파의 손은 잔주름이 오글쪼글하고 검버섯이 거뭇거뭇 피어 있었다. 노파의 젓가락질이 느리고 조심스러웠다. 노파의 시간도 그만큼 느리고 조심스럽게 흐를 것 같았다.

"미국에서 성공할 끼라고 자주 못 나오는 기라. 공부도 많이 했으이 곧 성공할 끼라. 자리 잡으면 날 데리러 오겠다고 연락 왔지를."

"할머니가 미국 가면 진짜 좋으시겠다. 할머니가 고생해서 공부를 많이 시킨 덕분이잖아요."

"새댁도 좋은 남자 만나야제, 언제까지 이러구 있을 거여?"

그녀는 대답이 없다. 딸아이와 남자에 대한 기억을 할머니가 자꾸 헤집어놓는 것이 싫다. 세운 무릎에 고개를 푹 묻고는 꼼짝도 않고 있었다.

"내가 괜한 소릴 했제. 아이라 좋은 남자 소개 시켜줄라고 그런 거제. 난 그만 일어날 끼라. 남은 건 냉장고에 넣거래이."

노파가 일어났다. 노파의 눈도, 노파를 배웅하는 그녀의 눈도 빨갛다. 그녀는 갑자기 생각난 듯, 서랍에서 속옷이 든 봉지를 꺼냈다. "이거, 갖고 가세요." 그녀는 현관문을 나가는 노파의 손에 그것을 쥐어주었다. "뭘 이런 걸 다." 노파가 젖은 목소리로 말했다. 현관문이 스르르 닫혔다. 할머니가 아이를 알고 있다는 사실이 찜찜하고 불안했다. 하루빨리 이사를 해야겠다는 생각이 머리를 짓눌렀다.

늦은 아침을 먹은 그녀는 챙이 넓은 주황색 캐플린 모자를 쓰고 S백화점까지 걸었다. 백화점에 오면 복잡한 머리가 맑게 개는 느낌이었다. 가질 수 없는 것일수록 빛이 나는 법이라고 그녀는 생각했다. 시간 때우기도 그만이었다. 백화점 안으로 들어가 이 층의 의류매장을 기웃거렸다. 마네킹이 입고 있는 옷들은 하늘하늘한 민소매 블라우스나 원피스들이었다. 저런 옷을 입기 위해서라면 차라리 마네킹이 되고 싶었다. 주인이 손님과 얘기하는 매장을 골라 들어갔다. 옷들을 둘러보는 척하다 주인이 다른 손님에 집중하는 틈에 옷을 슬며시 종이백에 집어넣었다. 에스컬레이트를 올라타고 육 층으로 갔다.

유아용품 매장이 나왔다. 그녀의 눈이 반짝 빛났다. 빈폴키즈 매장 앞에는 붉은 글씨로 '50% 할인'이라고 적혀 있었다. 프릴이 귀여운 흰 블라우스와 청색 주름치마를 슬며시 펼쳐보고는 빙긋 미소를 지었다. 그녀에게 시선을 주는 사람은 아무도 없었다. 그것을 백 안으로 슬쩍 넣었다. 매장을 나와 빠르게 걸었다. 백화점 천장의 샹들리에가 번쩍이고 곳곳에 서 있는 인조나무에는 벌써 가을이라도 온 듯 울긋불긋 나뭇잎들이 매달려 있었다. 그녀는 백화점을 빠져나왔다.

그녀의 아버지도 그녀의 생일이나 어린이날이면 백화점에 데려와 옷을 사주고는 했다. 오랫동안 보지 못한 아버지가 문득 떠올랐다. 아버지는 그녀가 시험지를 백 점 받은 날에 사라졌다. 언젠가 돌아올지도 몰라. 엄마의 말소리에는 아무 감정도 느껴지지 않았다. 아버지가 쓰고 있는 방에 들어가니 물건들도 깡그리 사라지고 없었다. 그 후, 돈은 어디서 들어오는지 엄마는 빈둥거렸고 집에서 요리를 하며 시간을 보냈다. 음식은 두 식구가 먹고 나면 항상 남았다. 엄마는 남은 음식을 어디론가 들고 가서는 한참이 지나도록 돌아오지 않았다. 가끔 일이 생겼다며 밤을 새우고 아침에 집에 오기도 했다.

그녀는 기숙형 고등학교에 입학했다. 의대에 들어가 의사가 되고 싶었지만 아무리 공부를 해도 상위권에 들지 못했다. 전교 수석을 하는 여자애는 가수 윤아처럼 예뻤다. 삼학년 올라갔을 때 그 애와 같은 방을 배정받았다. 그 애는 전교 수석을 놓쳐본 적이 없었고 그녀는 여전히 상위권에 진입하지 못했다. 그 애는 시력이 나쁜데도 안경을 쓰지 않고 콘택트렌즈를 착용했다. 렌즈가 들어간 그 애의 눈동자는 더 영롱하게 반짝였다. 그 애는 걸핏하면 사장이라는 아빠와 멋쟁이 엄마의 사진이 있는 폰을 보여주며 자랑을 늘어놓았다. 학교에는 가끔 그 애의 부모가 교장실을 다녀가고는 했다. 남부럽지 않은 가정과 실력과 미모를 갖춘 그 애가 은근히 미웠다. 청소용품이 들어 있는 창고를 뒤져 락스를 들고 왔다. 그 애가 잠들고 나자, 선반에 올려놓은 그 애의 콘텍트렌즈 케이스를 집어 들었다. 케이스 안에 들어있는 렌즈를 꺼내 손바닥에 올려놓고 식염수는 창문 밖으로 버렸다. 그 안에 락스를 채워놓고 렌즈를 다시 넣었다. 다음 날, 그 애는 콘택트렌즈를 착용하고 오 분도 지나지 않아 통증을 호소하더니 수업시간에 안과로 가야 했다. 그 애의 눈은 며칠 후 회복되었다.

그녀는 대학에 합격했지만 그즈음 어머니의 병환으로 등록하지 못했다. 대학 갈 기회는 그 이후에도 오지 않았다. 어머니는 일 년을 투병하다 세상에 등을 돌렸다. 대학 진학을 포기하고 편의점이나 프랜차이즈 식당에서 알바를 했다. 돈을 좀 모아 대학을 갈 거라고 생각할 즈음 친구 이담이 그녀에게 같이 옷 가게를 하자고 했다. 새로운 미래가 열리는 것 같았지만 오래가지 않았다. 그날, 점포 문을 닫고 귀가할 때 팔을 다친 이담을 대신해 그녀가 운전대에 앉았다. 비가 내리는 밤의 도로는 질척거렸고 차창을 밀어내는 와이퍼는 시야를 방해했다. 이담은 잠시 졸았고, 그녀는 빨리 가려는 마음에 가속페달을 밟았다. 사고가 일어난 것은 순식간이었다. 그녀의 차가 신호등의 불을 미처 보지 못해 횡단보도를 건너던 행인을 치어버렸다. 병원으로 옮겨진 행인은 생명을 잃었다.

남자는 사고가 난 직후 그녀의 수사를 맡은 경찰이었다. 그녀가 젊은 나이에 수감될 처지에 놓이자 그녀를 동정 어린 눈빛으로 대해주었다. 수형 기간이 짧아질 수 있도록 백방으로 뛰며 도와주었다. 그녀에게는 징역 일 년이 선고되었다. 교도소에 들어가자 혼자 무인도에 남은 것 같은 느낌이었다. 그녀가 쓸쓸한 교도소 생활을 견딜 수 있었던 것은 가끔 빵과 과일을 사 들고 면회를 오는 남자 덕분이었다.

출옥하는 날, 교도소 정문에서 그녀를 기다려준 사람도 남자였다. 그는 짙은 색으로 선팅된 자동차에 그녀를 태워 식당에 데리고 가서 두부전골을 사주었다. 그녀는 점점 그에게 빠져들었다. 몇 번의 데이트를 한 후, 모텔에서 함께 밤을 보냈다.

그녀에게 남자는 유일한 수호천사였다. 그녀는 남자의 아이를 가진 것을 알았지만 구태여 말하지 않았다. 그는 이혼을 해야겠다는 말을 습관처럼 했으므로 이혼을 하고 나면 깜짝 선언을 할 생각이었다. 점점 배가 불러올 무렵, 그는 아내가 눈치를 챈 것 같다며 헤어지자고 했다. 그녀가 당황스러워 임신 사실을 말하자, 그는 비밀을 지켜달라고 사정했다. 그 후 그는 더 이상 그녀를 만나려 하지 않았고 그녀가 아이를 출산하자 가끔 통장으로 돈을 부쳐주기만 했다. 삼 년이 지났을 때, 남자는 더 이상 돈도 보내주지 않았다. 그녀는 남자가 근무하는 경찰서로 직접 찾아가 양육비를 받아야 했다.

집에 돌아와 숄더백과 백화점 종이백 안에 든 것을 거꾸로 엎자 내용물이 쏟아져 나왔다. 자신의 것과 아이의 것이 뒤섞여 있었다. 흉물스런 벌레 보듯 아이 옷들을 골똘히 바라보던 그녀는 황급히 아이의 옷들을 주워서는 종량제봉투에 집어넣었다. 그녀는 손을 탁탁 털며 시시덕거리며 웃었다. 자신의 옷은 옷걸이에 걸어 비키니 옷장에 넣었다.

아이의 장난감들이 먼지를 덮어쓰고 한쪽 구석에 쌓여 있었다. 도미노 상자가 눈에 들어왔다. 그녀는 상자를 열어 삼백 개의 도미노 조각들을 방의 모서리를 따라 일렬로 세웠다. 손가락의 엄지와 검지를 동그랗게 만든 다음, 맨 앞의 도미노 조각을 향해 손가락을 탁, 튕겼다. 도미노 조각들이 연쇄

적으로 넘어졌다. 모든 조각들이 무너졌을 때 그녀의 입술은 기묘하게 일그러졌다. 다시 조각들을 하나하나 일으켜 세웠고 첫 조각을 무너뜨렸다. 시간 가는 줄 모르고 도미노 게임을 반복했다. 마치 자신의 할 일이 그것뿐이라는 듯. 지루함을 견디지 못한 그녀가 조각들을 두 손으로 마구 헝클어버렸다. 조각들이 무너지는 것을 보고 좋아하던 아이의 표정이 갑자기 떠오르자, 그녀는 자신도 모르게 몸을 부르르 떨었다.

노크 소리와 함께 "새댁" 하는 노파의 목소리가 들렸다. 문을 열고 싶은 마음이 도저히 생기지 않았다. 노크 소리가 이내 잠잠해졌다. 혼자 사는 노파가 외롭다면 미국에 살고 있는 아들에게로 가면 될 것이었다.

그녀가 남자를 떠나지 못한 것도 외로움 때문이었다. 남자를 마지막으로 만난 것은 한 달 전이었다. 그는 그녀를 보자 미간을 찌푸리며 근처 찻집에 가 있으라고 말했다. 그의 목소리에 짜증이 배어 있었다. 일곱 번째의 경찰서 방문이었다. 아이를 키우기 위해서는 양육비를 받아야 했으므로 어쩔 도리가 없었다. 그녀는 남자를 노려보고는 발길을 돌려 찻집으로 갔다. 그는 한 시간 후에 나타났다.

"내가 뭐 돈 찍는 기계라도 돼? 이제 혼자 힘으로 벌어먹고 살 때도 되지 않았어? 꼭 내 목줄을 쥐고 흔들어야겠어?"

그는 자리에 앉자마자 굳은 표정으로 쏟아 부었다.

"전과가 있는 나한테 누가 좋은 일자리라도 준대? 오빠 아니었으면 내가 왜 이 꼴로 살고 있겠어?"

그녀는 울상이 된 표정으로 악을 쓰며 말했다.

"내가 널 위해 애써준 건 다 잊었어? 애를 볼모로 삼지 말라고."

남자는 화를 억누르려는 듯 목소리 톤을 줄이면서 입속에 벌레를 씹은 듯한 표정으로 말했다.

"볼모라고? 이혼한다고 큰소리친 것 생각 안 나? 기껏 애비가 되어서는 말본새 좀 봐. 그렇담 나도 아일 내 마음대로 해버릴 거야."

"더 이상 애 들먹거리지 마라. 그만 찾아오라고 한 게 지금 육 개월째다."

"꼬박꼬박 나라의 녹을 받으면서 양육비 대는 게 뭐 대수라고? 그러고도 오빠가 경찰이야?"

그녀가 지지 않으려는 듯 새된 소리를 지르며 벌떡 일어났다. 남자가 주변을 두리번거리며 앉으라는 손짓을 했다. 찻집 여주인이 힐끗 쳐다보았다.

"마누라가 아는 날에는 너 죽고 나 죽자야. 이 얘기는 안 하려고 했는데 사실 마누라가 대장암으로 병원에 있어. 나도 좀 살자고. 미치겠다. 한 번만 더 경찰서 쳐들어오는 날에는 쥐도 새도 모르게 그냥……."

그는 이글거리는 눈빛으로 말하고는 흰 봉투를 탁자 위에 탁, 소리 나게 올려놓았다. 물 잔만 올려져 있는 탁자를 뒤로 하고 그는 뚜벅뚜벅 걸어 나갔다. 그녀는 흰 봉투를 열어 내용물을 꺼냈다. 십만 원권 수표가 다섯 장 들어 있었다. 봉투를 벌리던 손가락과 같이 살며시 열리던 입술이 이내 굳게 다물어졌다. 그녀는 남자처럼 봉투를 소리 나게 탁, 놓으며 한숨을 내쉬었다. 봉투를 가방에 넣고 찻집을 나온 그녀는 베이커리에 가 아이에게 줄 치즈케이크와 자신이 먹을 우유식빵을 샀다. 그 이후로 더 이상 경찰서로 남자를 찾아가지 않았다. 방법은 한 가지뿐이라는 생각을 하며 입술을 깨물었다.

그녀는 며칠째 꼼짝 않고 누워 있었다. 앉은뱅이 상 위에는 라면 국물이 얼룩덜룩 말라붙어 있었고 이가 깨진 접시에는 식빵의 갈색 테두리가 어스러진 채 굳어 있었다. 밖에서 할머니의 목소리와 노크 소리가 자주 들렸지만 나가보지 않았다. 그녀 얼굴은 홀쭉해졌고 눈동자에 생기가 돌지 않았다. 그녀는 벽을 향해 누웠다. 곰팡이가 퍼렇게 슬고 누렇게 바랜 벽지가 눈에 들어왔다. 벽지를 찢어내어 벽 속에 든 흙들을 마구 짓눌러 뭉개고 싶었다. 자신도 함께 허물어내려 파묻혀버리고만 싶었다. 아무도 자신을 찾아내지 않을 것이었다. 돌돌 만 이불 안에 갇힌 자신이 굼벵이처럼 느껴졌다. 그녀는 자신의 끈적거리는 긴 머리칼을 매만졌다. 음식이 들어가지 않은 배에서 밍밍한 진통이 느껴지자 그녀는 약한 흐느낌을 쏟아 냈다. 꼼짝을 않고 있던 그녀가 일어난 것은 남자에게서 받은 돈이 아직 조금 남아 있다는 생각 때문이었다. 그 돈이면 친구와 만나 술 한 잔은 할 수 있을 것이었다. 친구 이담을 떠올린 그녀의 얼굴에 환한 미소가 번졌다.

그녀는 배꼽이 보이는 티셔츠와 청반바지를 입고 이담을 만나러 갔다. 이담은 민소매 원피스를 입고 서 있었다. 그녀와 이담은 술집으로 가 구석 테이블에 앉았다.

"이담아, 너 그동안 몰라보게 예뻐졌네."

"고마워. 너는 좀 얼굴이 까칠해 보여. 오늘 놀고 나면 좀 달라질 거야."

이담은 맥주와 황태 구이와 골뱅이 무침을 시켰다.

"너, 아이는? 벌써 혼자 집에 있는 나이가 된 거야?"

"아니, 너에게만 살짝 얘기하는데 어디엔가 애를 두고 와버렸어. 아마 지금쯤 누군가 데려갔을 거야. 어쩌면 내가 실수한 것일까. 예쁘고 똑똑한 아이였는데."

"무슨 소리야? 아이는 언제든지 낳을 수 있잖아. 그 앤 아무것도 모른다고. 나중에 기억 못 할 거야. 물건 하나 잃어버린 것과 다를 게 없는 거지."

"정말 그럴까? 거기다 갠 귀엽게 생겨 부잣집 여자들이 서로 데려가려고 할 거야. 그렇지?"

"그럼. 애견센터나 고양이들을 보라고. 귀여운 게 얼마나 인긴데. 그러니까 비싸기도 하고."

"그래. 넌 항상 쿨하더라."

테이블 위로 맥주병은 쌓여갔다.

"희진아, 내 남친 불러낼까? 얼마 전에 사귄 남자인데 얼마나 재미있는지 몰라. 술값도 다 계산해줄 거야."

"그래. 어떻게 생겼는지 궁금해. 연락해 봐."

그녀와 이담이 맥주 두 병을 비웠을 무렵 사내가 왔다. 머리를 무스로 빳빳하게 세우고 어깨가 떡 벌어진 사내였다. 사내는 그녀 맞은편에 앉았다. 이담이 각자 자기소개를 하라고 했다.

"처음 뵙겠어요. 정희진이에요."

"반갑네요. 차수호라고 합니다."

그녀는 한동안 사내에게서 시선을 떼지 못했다. 사내의 풍모는 자신이 본 남자 중 가장 듬직해 보였고 얼굴에 띤 서글서글한 미소는 자신의 모든 걸 품어줄 것같이 너그러워 보였다. 백화점에서 본 시계를 차고 있는 것으로 보아 부자같이 보였다. 사내는 술을 마시는 동안 그녀에게 자주 윙크를 보냈다. 그녀의 얼굴이 붉어졌다.

"희진아, 오늘 홀가분하게 기분 풀어. 지나간 일 다 잊어버리고. 죄의식 같은 거 떨쳐버리라구."

이담이 잔을 부딪히며 말했다.

"당근이지. 죄의식은 무슨. 세상이 불공평한데 죄의식 같은 거 가질 틈이나 있다고 생각해? 고등학교 때 렌즈사건처럼 들키지만 않으면 그만이야. 법이 다 무슨 소용이야? 내가 교통사고를 내고 싶어서 낸 것도 아닌데 콩밥 먹었잖아. 뭐가 죄인지 진짜 모르겠고 난 이제 아무것도 겁날 게 없어. 자, 건배!"

그녀가 뭔가 결심이라도 한 듯, 똑 부러지는 목소리로 말했다.

"희진 씨 철학이 완전 진리라는 생각이 드는데요. 하하. 희진 씨 앞날을 축복하며 건배!"

사내가 미소를 띠며 말하자, 이담이 피식 웃으며 고개를 끄덕였다.

세 사람은 술집을 나왔다. 그녀는 사내와 밤을 보내고 싶었다. 그녀가 몸을 가누지 못하겠다는 듯 일부러 사내에 몸을 밀착했다. 사내는 한쪽 팔로 그녀의 허리를 휘감았다. 택시가 오자 사내는 이담을 태워 보내고 그녀에게 이차를 가지 않겠냐고 물었다. 그녀는 땀을 흘렸으니 몸을 좀 씻어야겠다고 혀 말리는 소리로 말했다. 사내와 그녀가 함께 간 곳은 모텔이었다. 그녀는 방에 들어오자마자 그대로 침대에 쓰러져

버렸다.

아침이 되어 그녀가 눈을 뜨자 사내가 옆에 누워 있었다. 그녀는 화들짝 놀라 옷을 입고 집으로 왔다. 어디선가 사이렌 소리가 들렸다. 그 소리는 고막을 긁으며 점점 가까이 들렸다. 세상의 다른 소리는 모두 멈춘 듯 사이렌 소리만이 길게 내뿜어져 나왔다. 그녀는 CCTV로 자신을 찾아낸 것이 아닌가 싶어 가슴이 털컥 내려앉았다. 옷을 갈아입고 라면을 끓여 먹었다. 갑자기 사이렌 소리가 멈추고 정적이 찾아들었다. 계단을 오르는 구둣발 소리가 쿵쿵 울렸고 그녀의 심장도 쿵쿵거렸다. 그녀는 집을 나가야 할까, 숨어 있어야 할까 망설였다. 어차피 벌어질 일이라면 벌어지겠지, 하고 기다렸지만 문 두드리는 소리는 들리지 않았다. 잠시 후, 옆집 노파 집 현관 쪽에서 소리가 들렸다. 현관 잠금장치를 부수는 소리와 집주인 목소리가 번갈아 들렸다. 노크 소리가 들린 것은 다시 이십 분쯤 흐른 뒤였다. 집주인이라며 문을 열어달라고 탕탕 두드렸다. 그녀는 문을 열고 나갔다. 얼굴이 귤색처럼 노래진 주인여자가 넋이 나간 듯 서 있고 옆집은 문이 닫힌 채 접근금지라는 노란 띠가 붙여져 있었다.

"할머니가 죽었어. 집세가 밀렸는데 며칠 동안 연락이 되지 않아 경찰에 연락했어. 혹시 할머니랑 왕래가 없었어? 할머니 폰에는 새댁과 아이 사진만 몇 장 찍혀 있던데."

"왕래가 없었어요. 아들이 미국에 있다고 하던데 왜 죽었는데요?"

"미국은 개뿔. 아들이 둘이나 있는데 한 시간 거리에 살고 있었어. 한 사람은 의사고 한 사람은 교수라는데 코빼기도 안 내밀고 말이야. 연락했으니 좀 있다 오겠지. 수면제 약병이 머리맡에 있고 며칠 지난 것 같은 케이크가 손도 대지 않은 채 놓여 있더라고."

아들처럼 보이는 남자가 헉헉거리며 올라오고 그 뒤로 경찰 두 명이 따라왔다. 그녀는 황급히 집으로 들어와 버렸다. 할머니의 사인은 자살로 결론짓고 아들이 시신을 수습할 것이며 경찰은 곧 돌아갈 것이다. 할머니의 죽음이 홀가분하게 느껴지는 게 이상했다. 할머니가 없다면 집을 옮길 필요가 없었다. 그녀는 가슴을 쓸어내리고는 거울 앞에 앉았다. 거울에는 입꼬리가 귀에 걸린 채 미소 짓는 여자가 보였다. 그때, 메시지 도착음이 울렸다. 희진, 오늘 우리 만날까? 5시, 대학로 선라이즈 어때? 차수호. 어제 만난 사내였다. 그가 구세주라도 된 듯 몸이 들썩였다. 이담의 남친이라도 상관없어. 내 마음에 들면 그만이지. 나갈게. 정희진. 그녀는 망설임 없이 답장을 보냈다.

옷장을 열어 자몽색 쉬폰 원피스를 꺼내 입었다. 백화점에서 들고 온 옷이었다. 묶었던 머리를 풀어 고데기로 굵은 컬을 만들었다. 장미색 루즈를 입술에 문질렀다. 눈을 갸름하게 뜨고 애절한 눈빛을 지어 보았다. 요염한 숙녀가 거울 앞에 보였다. 도도하면서 고혹적인 미소를 설핏 지었다. 흡족한 듯 그녀는 고개를 끄덕이고는 서랍 안에서 선글라스를 꺼내 쓰고는 밖으로 나갔다. 그녀의 발걸음에 유쾌한 리듬이 묻어 나왔다. 그녀는 얼마 전, 아이의 발걸음에서도 유쾌한 리듬이 느껴진 것을 기억했다.

아이와 함께 마지막으로 외출을 했던 날이었다. 밤새 잠을 설친 그녀는 아침이 되자 준비를 서둘렀다. 아이 옷이 든 서랍을 몽땅 열어 입을 만한 옷들을 챙겨 종이 백에 담았다. 아이의 아침밥을 먹이고 깨끗이 씻겼다. 머리를 두 갈래로 땋아 내리고 엘사 하늘색 원피스를 입혔다. 아이 표정이 보름달같이 밝았다. 아이에게 인형을 안겨주고는 그녀는 화장대에 앉았다. 비비크림을 얼굴에 바른 다음 에어쿠션 파우더를 덧발랐다. 눈을 크게 보이려고 검은색 아이라인을 평소보다 굵게 그리고 보라색과 갈색 아이섀도를 뒤섞어 눈매를 입체감 있게 표현했다. 딸아이는 그녀 옆에서 미미 인형을 만지작거리며 뭐라고 계속 중얼거렸다. 화장을 마친 그녀는 긴 머리를 틀어 올려 집게 핀으로 고정했다. 비키니 옷장의 지퍼를 내려 민소매 흰색 티와 소라색 반바지를 꺼내 입었다. 흰색 야구 모자를 깊이 눌러쓰고 아이와 집을 나섰다. 도로로 나온 아이는 콩콩 뛰며 재잘거렸다. 아이를 바라보는 그녀의 표정에는 살얼음이 엷게 깔렸다. 아이 손을 쥔 그녀 손에서 미열 같은 떨림이 전해졌다. 엄마, 어디가? 하는 아이의 물음에 그녀는 동물원, 하고 한마디를 내뱉고는 입을 다물었다. 그녀의 얼음 같은 말에도 아이의 입술은 계속 나불거렸다.

옆집에 사는 노파가 흙이 잔뜩 묻은 상추와 부추가 가득한 소쿠리를 옆구리에 끼고 구부정한 허리로 걸어왔다. "새댁, 어디 가는겨?" 노파는 반색을 하며 물었다. "동물원에 가려고요."라고 그녀가 대답했다. 손에 쥐어도 한 줌도 되지 않을 회색빛 머리칼에 누런 이를 드러내며 노파는 빙긋 웃더니, "한나는 좋겠데이. 구경 잘 하고 오거래이."라고 말했다.

버스에서 내려 동물원으로 걸어갈 때 아이는 그녀에게 바짝 붙어 있었다. 사람들이 많을 때 하는 습관적인 동작이었다. 동물원으로 들어가 워킹 사파리 쪽으로 걸어 들어갔다. 동물들의 우리가 차례로 나타났다. 몽구스, 하이에나, 흑표범, 북극여우, 코요태, 망토개코원숭이를 거치는 동안 아이의 얼굴은 발갛게 달아올랐다. 과자를 종류대로 앞에 두고 어떤 걸 골라야 할지 모를 때의 표정이 저런 것일까. 그녀는 폰 카메라로 아이 사진을 여러 장 찍다가 이내 표정이 일그러졌다. 내가 이걸 뭐 하러 찍지? 라는 의문에 황급히 카메라를 꺼버렸다. 양떼목장으로 갔다. 주변은 편백나무 숲이 에워싸고 있어 코끝을 스치는 향이 싱그러웠다. 양 사육사가 목장으로 나와 손짓을 하자 양몰이 개가 먼저 뛰어나오고 뒤를 이어 스무 마리 남짓 되는 양들이 무리를 지어 뛰어나왔다. 양몰이 개를 뒤따라 양들은 목장 둘레를 세 바퀴 돌고서야 멈췄다. 사육사의 수신호에 따라 양몰이 개와 양들이 우리 안으로 우르르 들어갔다. 그녀는 아이 손을 잡고 양떼목장을 나왔다. 아이는 붉은 기운이 가득한 얼굴로 목이 마르고 다리가 아프다고 칭얼댔다.

근처 코끼리 매점으로 아이를 데려갔다. 아이는 색깔이 알록달록한 구슬 아이스크림을 골랐다. 의자에 앉혀주니 반듯하게 앉아 스푼으로 구슬 아이스크림 떠먹는 일에 몰두했다. 배가 고플 것을 대비해 도넛도 사서 앞에 놓아주었다. 아이 옆자리에 옷가방을 살며시 두었다. 그녀는 아이의 앞에 앉아 한동안 아이를 뚫어져라 바라보고는 자리에서 불쑥 일어났다. "엄마는 쉬, 하고 올 테니 가만히 앉아 먹고 있어. 착하지." 아이가 그녀의 말에 고개를 끄덕이고는 입가에 묻은 구슬 아이스크림을 혀로 핥았다. 그녀는 몸을 뒤로 돌렸다. 빠른 걸음으로 매점을 벗어나 동물원을 빠져나왔다. 그녀의 표정에 희미한 미소가 번졌다. 발걸음이 허전해 뒤돌아보았지만, 아이의 모습은 더 이상 보이지 않았다. 그녀는 문득 바다로 가고 싶었다. 몇 시간이고 모래사장에 앉아 바다를 바라보고 싶었다. 철썩대는 파도에 남자와 아이에 대한 기억을 깡그리 떠나보내고 싶었다. 바다와 백화점을 실컷 다니고 싶은 마음에 걷잡을 수 없는 희열이 온몸을 휘감는 느낌이었다.

사내를 만나러 가던 그녀의 머리에 구슬 아이스크림에 고개를 파묻은 아이의 모습이 그림자처럼 스쳐갔다. 아이의 모습은 이내 지워졌다. 그녀는 씩씩하게 사람들 속으로 섞여 들어갔다.

케이트

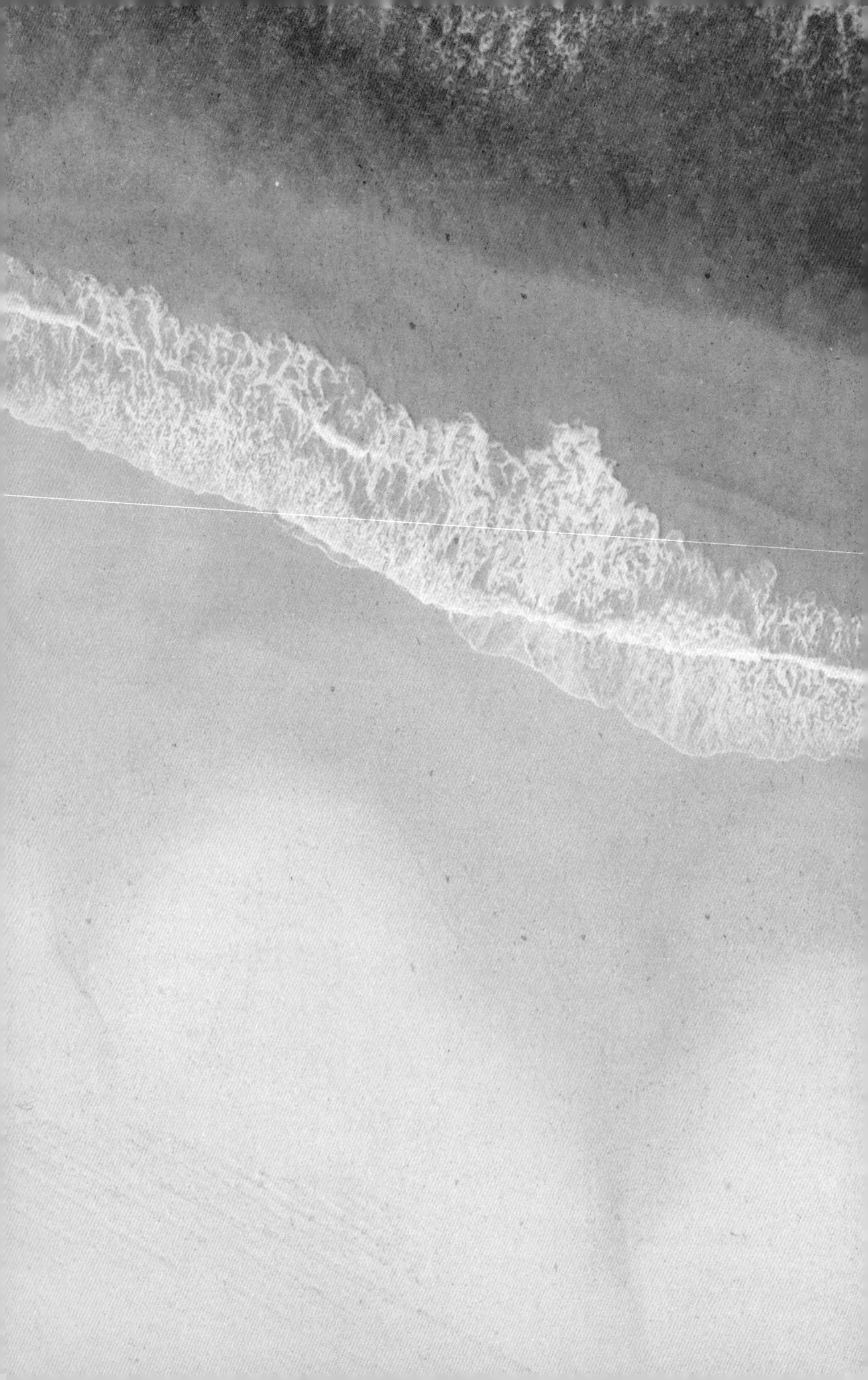

냉동실에 있는 얼음 조각을 꺼내어 입안으로 넣었다. 얼음 알갱이들이 입에서 짓이겨지며 깨졌다. 나는 입을 오물거리며 억지로 얼음을 씹어 삼켰다. 나의 목은 내일 아침이면 부어오를 것이다. 침대로 가 눈을 감았다.

운경 이모, 친구 케이트와 함께 자동차로 애들레이드 사막을 달리고 있었다. 분화구에서 흘러나온 듯한 뜨거운 열기를 내뿜는 길을 자동차는 서다 가다를 반복하며 달렸다. 운전하던 운경 이모는 긴 숨을 몰아쉬었고 아무도 말을 건네지 않았다. 케이트가 뭐라고 지껄였지만 아무도 알아듣지 못했고, 그녀는 자동차를 내려 천천히 사막을 걸어갔다. 나는 케이트를 불렀지만 내 소리는 공중으로 흩어지며 부서졌다. 케이트는 끝내 뒤돌아보지 않았다.

눈을 떴다. 지난밤 꿈의 여운이 쉬 가시지 않았다. 목구멍이 뻣뻣하고 아팠다. 침을 삼키자 목이 따끔거렸다. 억지로 식빵 조각을 씹어 넘겼지만, 빵 조각들은 혀와 치아에 진득진득 감겼다. 거위침을 몇 번 삼키고 아, 하고 성대를 울렸다. 소리는 성대 아래쪽 언저리에서 가르랑거렸다. 병원으로 갈 채비를 했다.

안개 낀 아침은 흐릿했다. 도시철도를 타고 남문구역에 내려 장이비인후과로 들어갔다. 오 층 건물이 모두 병원이었는데 장이비인후과는 이 층이었다. 접수를 하고 10분쯤 기다려 진료실로 갔다. 흰 마스크를 쓴 장태민 의사가 다가왔다. 지시에 따라 입을 크게 벌렸다. 그는 후두경으로 내 입 안쪽을 살피더니 자리로 돌아가 컴퓨터 자판을 두들겼다. 통증이 있나요? 네. 약간. 음식을 삼킬 때 따끔거리기도 하나요? 조금 그래요. 담배 피우나요? 아뇨. 역류성 후두염입니다. 이전에도 이런 증상이 있었나요? 가끔요. 증상이 심하지는 않아요. 술을 삼가고 따뜻한 물을 자주 마셔요. 목을 충분히 쉬게 해야 합니다.

키보드를 다 두드린 후, 의사의 시선이 흘깃 나에게 향하다 간호사를 바라봤다. 미소를 살짝 짓는 입술 사이로 윗니 네 개가 하얗게 드러났다. 안경 속 검은 동공이 반들거렸다. 사흘 후에 봅시다. 그럼. 그는 컴퓨터를 향해 앉았다. 처방전을 받고 병원을 나왔다.

케이트가 한국 남자와 같이 찍은 사진을 앱으로 보내준 게 두 달 전이었다. 케이트와 남자는 활짝 웃으며 팔짱을 끼고 있었다. 그녀가 사귀는 남자는 이비인후과 의사, 장태민이라고 했다. 그녀가 한국에 가길 잘했다는 생각에 설핏 웃음을 지었다. 그러고 얼마 되지 않아 그녀의 부음이 날아든 것이다. 케이트가 자신이 근무하는 학교에서 자살했다는 것이다. 그녀가 살고 있던 P시의 일간지 사회면에 난 기사는 이러했다. '〈학교 원어민 강사의 죽음〉 지난 9월 20일 오전 8시경, 호주에서 온 한국계 원어민강사 K씨가 자신이 근무하던 학교의 4층 건물에서 추락하여 사망.' 유서조차 남기지 않은 그녀의 자살이 당최 믿기지 않았다

애들레이드에 사는 그녀의 부모는 한국으로 가 사태를 수습하고 장례식을 치렀다. 학교 동료교사들과 친분이 있던 원어민강사 몇 사람만 참석한 쓸쓸한 장례식이었다고 했다. 한국을 알고 싶다는 부푼 기대를 안고 떠났던 케이트는 한 줌의 가루가 되어 애들레이드로 돌아왔다.

파인 그로브 메모리얼 공원의 묘지에 그녀를 묻었다. 한 사람씩 차례로 유골함 위로 흙을 끼얹는 동안, 흐느끼는 소리들이 조금씩 크게 들려왔다. 그녀의 생몰연대를 새긴 작은 비석을 세우고 그 앞에는 장미꽃 조화와 학사모를 쓴 대학졸업사진을 두었다. 금방이라도 그녀가 나타나 "미안해, 놀라게

해서. 이건 연극이야. 하하."라고 소리 지를 것만 같았다. 해가 서쪽으로 뉘엿뉘엿 넘어가는 메모리얼 공원은 사람들의 흐느낌 사이로 푸드덕거리는 새소리가 간간이 들렸다. 고독한 나무들과 사물들이 제 말을 잃은 채 최소의 색감으로 떨고 있었다.

그녀를 묻고 돌아오는 길에 프란치스 사비어스 대성당에 갔다. 기도실에는 서너 명이 앉아 기도를 올리고 있었다. 케이트가 천국에 가서 편안히 쉴 수 있기를 기원하는 동안 턱에 고인 눈물이 검은 치마 위로 똑 똑 떨어졌다. 기도가 끝났을 때, 살아 있는 목숨이 때로는 굴욕스럽다는 누군가의 말이 생각났다.

그녀가 왜 자살했는지, 이유를 알 수 없었다. 그녀의 자살 원인을 의사소통 문제와 연인과의 문제로 아는 사람들이 있었지만, 뭔가 다른 이유가 있을 것만 같았다. 케이트는 한국어가 미숙해서 영어로 주로 소통한다고 했다. 그걸 이겨내기 힘들었다면, 애들레이드로 돌아왔을 것이다. 나는 운경 이모에게 양해를 구하고 한 달 일정으로 한국으로 왔다. 그녀의 죽음 원인을 밝히지 않고는 어떤 일도 손에 잡히지가 않았다. 그녀의 죽음에 대한 이유를 밝힘으로써 아직 한국의 허공을 떠돌고 있을 그녀의 혼이 편안히 애들레이드로 건너올 수 있을 것이라고 믿었다. 머릿속으로 일의 순서를 정했다. 케이트의 숙소와 강사 업무를 챙겼을 학교 영어교사를 먼저 만나고, 그녀가 사귄 장태민 의사를 만날 것이다.

P시에 도착 후, 다음 날 오후에 영어교사에게 전달할 설문지를 들고 H초등학교로 향했다. 도시철도와 버스를 번갈아 탔다. 버스에서 내려 오 분쯤 걸어가자 학교가 보였다. 연갈색 건물동이 디귿자 형태로 배치된 학교의 담벼락을 따라가자 교문이 나왔다. 학교 운동장 안의 인도 블럭을 따라 걸어 들어갔다. 아이들 소리가 들리더니 축구공이 내 앞으로 날아왔고 그 뒤를 따라 남자 아이들이 우르르 몰려왔다. 건물 현관으로 들어가니 영어실은 이 층이라고 적힌 안내판이 보였다.

학생들이 모두 하교한 영어실에는 교사로 보이는 한국 여자와 백인 남자가 차를 마시고 있었다. 잠시 들어가도 좋으냐고 묻자, 한국 여자가 고개를 끄덕였다. 백인 남자가 나를 일별하더니, 자리를 떴다. 나는 유학생이며 영어 원어민 교사에 대한 상황을 알아보고자 방문했는데 잠시만 시간 내어 줄 수 있겠느냐고 물었다. 그녀는 표정의 흐트러짐 없이 "그렇게 하세요."라고 했다. 나는 백인 남자가 앉았던 자리에 앉았다. 그녀는 설문지를 작성하면서 인상을 찌푸리기도 했다. 나는 교실을 휘둘러보았다. 한국 아이들에게 영어를 가르치며 설렘과 흥분의 표정으로 교단에 섰을 케이트의 모습을 떠올렸다. 지금은 케이트가 여기 앉아 차를 마시고 있어야 했다. 그녀가 설문지를 나에게 내밀었다. 원어민 강사 교체 원인에 대한 항목에서 '원어민 강사의 사망'이라고 기재되어 있었고 전 강사의 이름에는 '케이트'라고 적혀 있었다. 나는 설문지를 보며 물었다. 사망 원인은 뭐죠? 그녀가 나를 뜨악하게 쳐다보았다. 그런 얘기까지 해야 하나요? 기억을 떠올리기 싫거든요. 나는 살짝 미소를 지으며 말했다. 한국의 영어교육 발전을 위한 조사라고 생각하고 말씀해주시면 안 될까요? 그녀가 한숨을 내쉬었다. 자살이었어요. 그녀의 자살로 학교가 교육청의 감사를 받아야 했으며, 나는 장례 및 부모에게 연락하는 것이며 뒷수습까지 맡느라 탈진했죠. 덕분에 한 달의 병가를 내야 했어요. 자살이었다고요? 왜죠? 좀 구체적으로 물어도 되나요? 확실한 건 모르죠. 그냥, 의사소통장애가 원인이 아닐까, 하고 추정할 뿐이죠. 아니면 연인과의 문제라거나. 그 강사는 호흡기질환으로 고생을 좀 했어요. 아무래도 한국의 공기에 적응이 잘 안 되었겠죠. 그러다 병원을 찾아 치료하는 중에 병원 의사와 가까워지게 되었어요. 강사가 의사와 사귀는 동안 정말 행복하게 보였어요. 의사를 만나는 날이면 유난히 생기발랄했는데……. 자기가 한국어를 쓰면 사람들이 킥킥거리는 게 불쾌하다는 말을 했거든요. 한국어가 미숙해서 좀 힘들었다면 스트레스가 될 수도 있었겠죠. 영어교사는 더 이상 말을 흘리기 싫다는 표정으로 입을 다물었다. 그런데

혹, 그 의사와 무슨 문제가 있었던 건 아닐까요? 내가 조심스럽게 물었다. 사실 내가 그 의사를 만나려 했지만 거부당했어요. 그 강사가 의사와의 문제로 고민을 털어놓은 적은 없어요. 영어교사가 고개를 내저으며 말했다. 그 사건에 대해 자세히 얘기해줄 수 있나요? 그 강사는 어떻게 발견되었나요? 강사는 한 번도 병가를 내지 않았는데 이틀간 병가를 내겠다는 메시지가 나한테 왔죠. 사흘째 출근하기로 한 날에 그 일이 벌어졌어요. 학교지킴이가 학교 화단에서 그녀를 발견해서 경찰에 신고했죠. 그 의사는 장례식에 왔나요? 내 물음에 그녀는 고개를 가로저었다. 교실에 전화가 울렸고, 그녀는 자리에서 일어났다. 나는 설문에 응답해주어 고맙다는 인사를 하고는 교실을 나왔다. 천천히 운동장을 가로질러 등나무 벤치에 앉았다. 땅바닥에 쌓인 나뭇잎들이 바람에 서걱거렸다. 그녀의 흔적을 더듬어가는 일이 전생에서의 일인 듯 아득하게 느껴졌고 알 수 없는 고독감이 덮쳐왔다. 모든 걸 덮어두고 애들레이드로 돌아가고만 싶은 심정이었다. 건물 사 층을 올려다보자, 현기증이 일었다. 그녀는 어디에도 없지만 내 안에서 수없이 떠올랐다 사라졌다. 비밀을 풀기 전에는 절대 물러설 수 없다는 목소리가 내 안에서 울렸다. 나는 그 목적으로 한국에 온 것이다. 마음을 강하게 먹자고 다독였다. 폰을 열어 '장이비인후과'를 검색하고 위치를 파악했다.

사흘 후, 장이비인후과를 방문하는 날이었다. 병원에 전화를 걸어 의사를 바꿔달라고 했다. 의사가 무슨 일이냐고 물었다. 나는 목에 손을 댄 채 걸걸거리는 목소리로 말했다. 병원을 방문해야 하는데, 일을 늦게 마쳐 제시간에 못 갈 것 같다고 했다. 통증이 심해 치료는 받고 싶은데 어떻게 해야 될지 모르겠다고 말했다. 의사는 잠시 침묵을 지키더니, 병원 문을 일곱 시에 닫는데 몇 시까지 올 수 있느냐고 물었다. 나는 일곱 시쯤 방문하겠다고 하자 의사는 기다리겠으니 빨리 오라며 전화를 끊었다.

미리 사두었던 체리색 블라우스와 검정 미니스커트를 입었다. 공을 들여 화장을 하고 묶었던 머리를 풀어 내려뜨렸다. 저녁 일곱 시경 병원을 방문했다. 환자는 아무도 없었다. 진료실에 들어서자, 굳은 표정의 의사가 손짓으로 진료의자를 가리켰다. 목을 들여다본 그는 편도의 염증이 많이 가라앉았다고 했다. 이틀 치만 더 복용하면 더 이상 병원에 올 필요 없겠다며 말했다. 컴퓨터에 처방전을 기록한 그가 내 쪽을 돌아보았다. 그의 시선이 내 몸의 아래 위를 짧게 일별했다. 나는 일어나며 목소리를 가다듬었다. 시간을 뺏은 것 같아 미안하니 차를 한 잔 대접해도 되겠냐고 물었다. 굳어 있던 그의 표정이 해동된 생선처럼 부드러워지며 눈에서 불꽃이 튀는 듯

했다. 그는 피식 웃으며 책상에 있는 명함을 한 장 주었다. 나는 마치 케이트의 비밀을 알게 되기라도 한 듯, 입술이 실긋 벌어졌다.

삼 년 전, 호주 애들레이드에 사는 운경 이모의 집에 머물면서 애들레이드 대학에 다녔다. 유학원을 통해 소개받은 집이었다. 운경 이모는 호주 남자와 6년 전에 결혼했는데, 남편은 3년 전에 세상을 떠났다고 했다. 어학연수차 애들레이드에 왔다가 알게 되었다고 했다. 케이트는 같은 영문과 학생이었다. 처음 그녀를 봤을 때, 한국에서 온 유학생인 줄 알고 다가갔다. 그녀의 표정에는 우수의 그림자가 일렁였지만 웃을 때의 표정은 활달하면서도 순수했다. 그녀에게서 신비로우면서 기묘한 매력이 느껴졌다. 우리는 곧 친해졌다. 그녀는 미래의 꿈이나 독립에 대한 의지가 대단했고, 공부도 열심히 했다. 그녀는 자신이 다섯 살 때, 한국에서 입양되어 왔다고 말했다. 나는 케이트에게 영어를, 케이트는 나에게 한국어를 배웠다. 나는 한국이 호주에 비해 좁은 땅덩어리지만, 사람들이 성실하고 정이 많으며 자연이 호주 못지않게 아름답다고 얘기했다. 케이트는 언젠가 한번 방문하여 어릴 적 기억을 떠올리고 싶다는 말을 하며 미소를 지었다.

주말이 되면 함께 자동차를 타고 센트랄 마켓에 가서 장을 봐 미트파이와 피시앤칩스를 만들거나, 바로사 밸리에 가기도 했다. 바로사 밸리에는 와이너리가 있었는데, 그녀와 나는 와인을 마시고 취한 채로 돌아오기도 했다.

케이트는 대학을 졸업할 무렵, 부모로부터 독립하고 싶다고 했다. 아직 취업이 결정되지 않아 숙소 구하기가 마땅찮다고 하여, 내가 운경 이모집을 권유했다. 운경 이모 또한 아이에게도 정을 나눌 사람이 많은 게 양육에 도움이 된다며 환영해주었다. 아이를 돌보는 일은 주로 내 차지였고, 케이트는 운경 이모를 도와 식사 준비를 했다. 케이트는 은행 취업을, 나는 대학원 입학을 준비하며 운경 이모의 집에 머물렀다. 운경 이모는 마치 친자매처럼 우리를 대하며 주말마다 만찬을 열어주었다. 케이트와 나는 시간이 나면 인디안 퍼시픽 열차를 타고 퍼스, 마가렛 리버를 돌아다니기도 했다.

어느 날, 대학 게시판에 난 한국 원어민 강사 모집 광고를 케이트에게 전해주며 한국행을 권유했다. 한번쯤 한국에 살면서 한국의 정취와 문화를 느껴보는 것도 좋은 경험이 될 거라고 했다. 케이트의 눈동자가 불이 켜지듯 환해졌다. 다섯 살까지의 짧은 기억은 사라졌지만, 어렴풋한 고향의 향수를 느낄 수 있을 거라며 반가워했다.

그녀와 함께 EPIK(원어민강사 중개업체)에 가서 신청서를 냈다. 그녀가 신청서를 작성하는 동안, 마치 내가 신청하는 것처럼 가슴이 두근거렸다. 학교 근처에 숙소가 제공되고, 월급여가 이천 달러라고 직원은 설명했다. 그녀가 한국으로 떠날 때까지 나는 매일 두 시간씩 그녀에게 한국어를 가르쳤다.

장태민 의사에게서 연락이 온 것은 이틀 후였다. 목이 어떠냐고 물었고 나는 완쾌되었다고 했다. 그는 다행이라며, 금요일 저녁에 시간이 되면 만날 수 있겠다고 했다, 나는 잠시 뜸을 들이고는 약속이 없으니 만나자고 했다.

금요일 저녁, 병원 앞에서 만나 같이 이탈리안 레스토랑에 갔다. 게살 로제 파스타와 돼지 바비큐가 나왔다. 나는 그에게 〈다른 나라에서〉라는 한국영화를 본 적 있느냐고 물었다. 그가 고개를 끄덕였다. 영화의 장면이 스쳐갔다. 갯벌이 있는 바닷가에 프랑스 여자가 펜션에 투숙한다. 프랑스 여자는 영화감독이 되기도 하고, 한국 남자를 비밀리에 만나기도 하고 한국 여자에게 남편을 빼앗기는 이혼녀가 되기도 한다. 한국 남자들은 누구나 프랑스 여자를 좋아하고 친절하다.

"영화에서 한국 남자들이 프랑스 여자에게 한결같이 친절하게 나오는데 그 이유가 뭐라고 생각하죠?"

그는 피식 웃더니 초점이 흐린 시선을 내 쇄골에 던지며 대답했다.

"프랑스 여자라서? 아니 그 여자가 멋지니까? 외국 여성들은 뭔가 묘한 매력 같은 게 느껴져요. 뭐라 할까? 낯설면서 신비함 같은 것? 그런 게 있겠지요. 확실히는 모르겠지만."

"맞아요. 인종이 다르다는 느낌부터가 설렘을 주는데 거기다 이성이라면, 외모가 멋지다면 매력을 끌 수 있겠죠. 외국에서 병원 다녔을 때가 있었는데 의사가 쓰는 전문용어를 잘 몰라 애먹었어요. 제가 외국인의 의료기관 이용 실태에 관한 논문을 쓰고 있는데요. 외국 환자들 진료도 하겠지요?"

"물론이죠."

"혹시 힘들어하는 외국 환자는 없었나요? 논문 쓰는 데 참고하고 싶거든요."

"글쎄요. 호주에서 건너온 한국 여자가 병원을 방문한 적이 있었어요. 한국어 사용 때문에 힘들고, 공기가 너무 달라서 적응에 어려움이 있다하기도 하고, 뭐 그런 정도……그 여자가 한국말을 하도 버벅거려, 내가 영어를 써서 겨우 대화가 되었지만……. 그게 고마웠는지 차를 한 잔 사주더군요. 그러다 몇 번 만나기도 했지만……."

"그래요? 지금은요?

"어느 날, 보이지 않았어요. 아마 호주로 돌아갔는지 모르겠고. 아니, 죽었다는 소문도 있었고……."

"……사귀지는 않았어요?"

"하도 날 쫓아다녀 같이 드라이브를 좀 다니고는 했지만 사귄 정도는 아니었죠. 귀엽고 순진한 맛이 있어 좀 끌리기도 했지요. 한국어 발음은 진짜 웃겼어요. 히히."

"죽은 여자한테 그렇게 웃을 수 있는 거예요?"

"갑자기 서툰 한국어 발음이 생각나서……."

"정말 죽었을까요?"

그는 내 물음에 얼굴 근육이 삽시간에 굳어버리는 듯했다. 창밖으로 시선을 황급히 옮기며 나에게 곁눈질을 하며 말했다.

"그건…… 나도 모르죠. 폰이 정지되어 연락이 안 되니까요."

"……."

장태민 의사에게서 더 이상 단서를 찾지 못할 거라는 생각이 들자, 낭패감이 밀려왔다. 뭔가 감추고 있다는 느낌은 그의 표정에서 희미하게 느껴졌다. 커피를 한 잔 마시며 그는 의사로서의 고충에 대한 이런저런 얘기를 늘어놓았다. 나는 고개를 끄덕거리며 이야기를 듣는 척하다 형식적으로 추임새를 넣어주었다. 식당을 나와 그가 맥주라도 한 잔 하겠냐며 물었지만 나는 거절했다.

밤늦도록 몸을 뒤채며 고민에 빠졌다. 사건의 실마리가 잡히지 않았다. 영어교사를 한 번 더 만나고 싶었다. 그때는 근무시간 중이라 충분한 이야기를 나누지 못했고, 영어교사도 뭔가 할 얘기가 더 있을지도 모른다는 생각이 들었다. 다음날, 전화를 하자, 영어교사는 바빠서 시간 내기가 어렵다고 했다. 바쁘지 않을 때, 한 시간 정도면 안 되겠냐고 다시 부탁하자 사흘 후, 목요일 퇴근시간에 학교 앞에서 만나자고 했다.

목요일이 되어, 학교 앞 카페에 먼저 가서 기다렸다. 약속시간에서 오 분쯤 지나자 영어교사가 왔다. 얼굴이 피곤해 보였다.

"그날 전화가 와서 급히 일어나셨잖아요. 사실은 더 묻고 싶은 것도 많았거든요. 나와 주셔서 고마워요."

"그 강사의 가족도 그렇겠지만, 늘 같이 지내던 동료의 갑작스런 죽음이라 마음이 너무 아팠죠. 그래서 사실 떠올리기가 싫은 기억인데. 내가 전해줄 이야기도 별로 없어요. 다만, 그때 수습에 정신이 없어, 강사의 죽음에 충분히 애도를 못했다는 것이 걸리더군요."

영어교사는 건조하고 심드렁한 목소리로 얘기하고는 재채기를 연거푸 했다.

"그날 초면에 사연을 밝히기가 내키지 않았는데…… 저는 케이트의 친구였어요."

그녀의 눈이 화들짝 커졌다.

"케이트에게 한국에 가보라고 권유한 사람이 저였어요. 그런데 케이트에게 그런 일이 일어나니, 잠이 오지 않았죠. 대체 무엇이 케이트를 죽음으로 몰아넣었는지 알고 싶었고 안타까웠어요. 친구에게 속죄하는 심정으로 한국에 왔고 케이트의 비밀을 캐고 싶었어요."

"친구라 충격이 컸군요. 그 사건 일어나기 전에는 그녀는 명랑 쾌활한 편이었어요. 수업도 성실하게 했는데…… 왜 그런 행동을 했는지……. 의사와의 관계가 그리 깊은 사이도 아니었고. 설령, 의사에게 버림받았다 해도 그런 일로 젊은 여자가 목숨까지 던졌다는 건 납득이 안 가죠."

"……그렇죠. 혹시 케이트와 친한 원어민 강사는 없나요? 아니면 자주 가는 카페라도 알고 계시나요?"

"강사는 제가 잘 몰라요. 연락처도 없구요. 카페는 해변에 있는 웬즈데이 카페에 자주 갔을 거예요. 원어민 강사들이 자주 찾는 곳이라고 하더군요."

"네. 그 카페에 한번 들러봐야겠어요. 케이트의 마지막 통화 상대는 누구일까요?"

"그것도 모르죠. 사건 이후에 나는 너무 정신이 없었어요. 한국에 케이트 연고가 아무도 없어 이의를 제기하고 항의한 사람이 없었죠. 학교 측은 사태 수습에 우왕좌왕했고, 장례에 맞추어 온 부모 역시 침통한 표정 속에 고개만 내저을 뿐 말이 없었어요."

"유감이군요. 병가를 낸 이틀 동안 케이트는 혼자 그 짐을 짊어 멘 채 끙끙거리고 있었던 거군요. 혹시, 케이트의 전화기 통신사라도 알 수 있을까요?"

"음…… 대리점에 같이 가서 계약을 했는데……. 아, LT 통신? 맞을 거예요."

"통신내역이라도 알아보고 싶네요. 마지막으로 통화한 사람이 누구인지."

영어선생은 설핏 미소를 지었다. 육 개월 함께 했던 동료의 죽음이 더 이상 의미를 만들어주지 않는 듯했다. 그녀가 카페를 나간 후 망고 스무디를 한 잔 더 시켰다. 부글거리던 속이 조금 가라앉는 듯했다.

통신사로 전화를 걸어, 휴대폰 사용내역을 알고 싶다고 하자 상담원은 정보 유출이라서 아무에게 알려줄 수 없다고 했다. 계약 정지된 전화기의 경우, 가족이나 경찰의 요청이 필요하다고 했다. 가족이냐고 물었고, 나는 한국에 연고 하나 없는 외국인이 죽었고 그 폰에서 마지막 통화자만 알고 싶다고 했다. 상담원은 한숨소리를 훗, 내쉬더니 잠시만 기다리라고 했다. 삼 분 정도가 지났을까. 상담원 목소리가 들렸고 전화번호를 또박또박 불러주었다.

전화번호는 장태민 의사의 번호였다. 그에 대한 심증은 더욱 굳어졌다. 그를 다시 만나야 할 것 같았다. 그에게 질문할 것들을 준비하기 위해 밤늦도록 상념에 빠졌다. 시간은 얼마 남지 않았고, 그가 눈치를 챈다면 더 이상 만나주지도 않을 것이었다.

전화기를 열어 사진을 찾아 하나씩 넘겨보았다. 케이트는 죽기 일주일 전에도 여기저기 P시의 풍경사진, 셀카사진, 의사와 함께 찍은 사진들을 보냈다. 나는 사진들을 들여다보며 케이트와의 추억에 잠겼다. 사진들을 넘겨보다 애들레이드에서 함께 찍은 사진들에서 내 시선이 멈췄다. 그녀와 내가 바로사 밸리 와이너리에서 찍은 사진이었다. 운경 이모와 셋이 찍은 사진도 보였다. 그녀가 운경 이모의 집에서 보낸 마지막 밤에 찍은 것이었다. 우리는 와인과 치즈, 카나페를 앞에 두고, 자주 시간을 보냈다. 케이트를 위해 우리는 주로 영어로 얘기했지만, 때로는 한국어가 주책없이 튀어나오기도 했다. 그날은 케이트의 송별회였다. 운경 이모가 마트에 가서 장을 봤다. 로스트 치킨용 닭, 샴페인과 와인, 갈릭 브레드, 샐러드용 야채와 파블로바 베이스, 진저 브레드 하우스, 햄 등을 구입했다. 운경 이모와 나는 주방에서 음식을 만드느라 바빴고 케이트는 캐리어에 짐을 정리하고 필요한 것들을 일일이 체크하느라 분주했다.

저녁식사 시간이 되어 우리는 음식을 앞에 두고 앉았다.

"케이트, 이번에 가면 언제 돌아와? 6개월? 일 년?"

운경 이모가 서운하다는 표정을 지으며 물었다.

"계약 기간은 일 년인데 더 머물 수도 있고 바로 돌아올 수도 있어요."

케이트가 운경 이모를 보며 얘기하고는 어깨를 으쓱했다.

"난 케이트가 한국을 바라보는 시선이 좀 달라졌으면 좋겠어. 부모에게서 버림받았다고 한국에 대한 적대감까지 갖고 있을 필요는 없잖아. 안 그래? 우리 모국인데."

내 말에 케이트는 설핏 웃었고, 운경 이모의 표정에는 오묘한 웃음이 번졌다. 나는 연거푸 와인을 마셨고 얼굴은 열기가 번져갔다. 모두 얼굴이 와인처럼 붉어졌다. 운경 이모가 갑자기 와인 잔을 테이블에 탁 내려쳤다. 잔이 넘어지면서 또르르 굴러 바닥으로 떨어지고 깨진 잔의 조각들이 여기저기 튀었다. 테이블의 붉은 물이 뚝뚝 아래로 떨어졌다. 운경 이모의 표정이 일그러지고 눈매가 매섭게 보였다. 앞에 보이는 테이블과 그녀가 핑그르르 움직이는 것 같았고 머리까지 욱신거렸다.

"사실대로 말하면, 난 한국에서 살고 싶지 않아."

침묵을 깨고 운경 이모가 말했다.

"이모는 한국이 싫어 떠나온 건가요?"

몽롱한 눈빛으로 케이트가 물었다.

"어학연수 왔다가 호주 남자를 만나 결혼했지만, 살아갈수록 떠나오길 잘했다는 생각이 들어. 가끔 친정 방문을 위해 한국에 가지만, 하루도 못 견디고 빨리 돌아오고 싶어진다니깐. 한국의 무엇이 날 몰아내는지 알 수 없어. 뭐랄까, 그냥 그 공기가 답답하게 느껴지고…… 치열한 생존경쟁이 느껴지는 게 싫다고나 할까. 적어도 나에겐 향수병이 없어. 장담하건대."

운경 이모는 마지막 말에 힘을 주었다.

"이모가 오랫동안 지내왔던 데서 배인 안락함 같은 것이겠지요. 적응이 잘 되느냐의 문제는 개인차가 있을 거예요."

케이트의 말에 운경 이모가 고개를 끄덕이며 "케이트에게 좋은 남자 생기면, 꼭 돌아오지 않아도 돼."라고 말했고 케이트와 나는 깔깔거리고 웃었다. 우리 세 여자에게 한국은 화두였고, 기항지였다. 한국은 세 사람에게 서로 다른 이미지로 변주되고 있었다.

장태민에게서 일주일째 연락이 오지 않자, 전화를 걸었다. 주말에 한적한 바닷가로 산책하러 가지 않겠냐고 나는 물었다. 그가 잠시 머뭇거리더니, 토요일 저녁에 병원 주차장으로 오라고 했다. 나는 호주산 엔젤스 쉐어 와인을 사 들고 갔다.

횟집이 늘어서 있는 해변도로를 한참 걸어가다 나는 밥을 먹자고 했다. 바다가 정면으로 보이는 이 층 방이었다. 회를 주문한 다음, 와인을 꺼냈다.

"블랙베리 맛이 나는군. 이 와인 전에도 마신 적 있는 것 같은데……."

"그래요? 호주산 와인 중에 품질은 좋은 편이죠."

"아, 맞아. 케이트도 이 와인을 가져와서 같이 마셨지."

"네? 케이트가 누구지요?"

"내가 얘기하지 않았나, 호주에서 온 여자라고."

"그 여자와 어디서 와인을 마셨어요? 지금처럼 횟집에서?"

그가 고개를 저으며 와인을 비웠다. 그는 점점 혼몽한 표정이 되어갔다. 종업원이 회를 들고 왔다.

"회와 와인이라. 뭔가 조합이 이상하지만 젊은 아가씨가 있으니 나쁘지는 않군, 하하. 회를 잘 먹네, 강지유 씨."

장태민은 기분이 좋아 보였다.

"케이트와는 어디서 와인을 마셨죠?"

"내가 알고 지내는 여자가 한둘이 아닌데 그걸 어떻게 다 기억해? 질투하는 건가? 가끔 우리 집으로 와인 들고 놀러온 건 생각나는데……."

"혹시 마지막으로 놀러온 날, 기억나요?"

"지유 씨도 한번 놀러와. 여자들은 질투심이 많아서 문제야. 그날 밤늦게 있었지 아마도. 아 맞아. 내가 분위기를 돋우려고 친구들 세 명을 불렀어. 와인, 소맥에다 치킨, 새우를 먹은 기억이 나는군. 하하."

"그럼, 케이트는 새벽쯤에 집으로 돌아갔겠지요."

그가 기억을 더듬듯 고개를 갸웃거리며 와인 한 잔을 들이켰다.

"글쎄…… 그러니까…… 아침에 일어나 보니 그 여자가 안 보였지. 나는 피곤해서 내 방에 들어와 친구들보다 일찍 잤거든."

"……친구들과 케이트만 남겨진 거군요."

"그런가? 이제 기억이 좀 나네. 아침에 일어나 보니 케이트는 보이지 않고 자고 있는 두 친구 녀석들 옆에 수면주사기가 있더군. 한 친구가 불면증이 있었지. 아마도."

그는 비스듬히 벽에 기대어 눈을 감았다. 그게 마지막이었다니…… 대체 무슨 일이 있었던 걸까? 케이트의 시간은 아마도 그때 멈춰버렸을 것이다.

"지유 씨, 우리 얘기를 하자고. 언젠가부터 나는 내 삶이 가짜 같은 느낌이었어. 의사가 담보해주는 경제적 윤택함을 포기할 수 없지만, 내가 원하는 삶이 아니었지. 하루하루 피를 말리는 나날이었어. 나는 아내에게 집착했어. 사사건건 트집을 잡고, 시간 날 때마다 전화해서 소재파악을 했지. 아내는 못 견디겠는지 날 의처증 환자로 몰아세우더니 공부를 하기 위해 미국으로 떠나버리더군. 난 은근히 내가 망가지는 걸 즐졌고 그때부터 여자들을 만나기 시작했어."

장태민은 묻지도 않은 얘기를 넋두리하듯 읊조렸고 그 소리들은 허공의 먼지처럼 흩어졌다. 나는 케이트의 시간을 떠올리고 있었다. 초점을 잃고 씀벅거리는 그의 눈은 붉은 실핏줄로 도드라져 보였다. 그는 벽에 기대어 스르르 눈을 감았다. 수면주사기와 친구들, 그리고 케이트. 순간 머릿속에서 유리잔이 부서지듯 파열음이 일더니 날카로운 광선이 지나갔다.

다음 날 저녁에 웬즈데이 카페를 찾아갔다. 이국적인 분위기여서 백인들이 많이 보였다. 한쪽 벽에는 다트게임 보드와 나비와 암모나이트가 든 액자가 걸려 있었다. 나는 칼스버그 맥주를 청했다.

"한국인 보니 반갑네요. 여기는 보다시피 외국인들 아지트랍니다. 여기 온 적 있나요?"

"아뇨. 친구 케이트가…… 원어민 강사 케이트가 친구였거든요."

종업원 눈동자가 휘둥그레졌다.

"케이트? 얼마 전…… 너무 애석한 일이……."

그가 주방으로 가더니 주문한 맥주와 칵테일을 가져왔다.

"이건 무알콜 칵테일 골든메달리스트입니다. 좋은 과일들의 즙으로 만든 건데 예쁜 아가씨한테 드리는 서비스입니다. 이름이 뭐죠?"

"강지유라고 하죠. 잠시만 얘기할 수 있나요?"

종업원이 내 앞자리에 앉았다.

"케이트에 대한 얘기 들은 게 있나요? 그녀가 왜 그런 선택을 하게 되었는지, 혹 기억나는 것이라도……."

"고인을 두고 얘기하기가 좀 그러네요."

"……."

"강사들은 그녀가 의사로부터 버려진 거라고 하더군요. 의사 친구들이 그녀에게 마취주사를 놓고 성폭행했다는 소문이…… 원어민 강사들 모임을 여기서 자주 가졌거든요."

"……."

카페를 나와 검은 바다가 엎드려 있는 백사장을 걸었다. 보이지 않는 다수의 적에 홀로 대항해야 했던 그녀가 느꼈을 외로움과 억울함이 칼끝이 되어 온몸을 찔렀다. 케이트의 혼은 지금 어디쯤 떠돌고 있을까? 그녀의 진실은 꼭 밝혀낼 것이다. 어느새 밀려온 파도가 신발을 적시며 물러갔다. 바다를 가로지르는 다리가 원색의 광휘에 휩싸여 있었다.

바닷가 산책로를 따라 걸었다. 텁텁한 습기가 배인 바람이 불자, 머리칼이 제멋대로 춤을 추고 비릿한 내음이 훅 끼쳤다. 파도소리가 말이 되어 수런거렸다. 케이트와 함께 애들레이드 토런스 강가의 벤치에 앉아 얘기를 나누던 때가 떠올랐다. 미래에 대한 자신감으로 미소 짓는 그녀의 얼굴이 바로 앞에 있는 것처럼 느껴졌다. 그녀와 나누었던 얘기들이 부유물이 되어 바다 위로 떠돌았다. 저 바다 멀리 그녀가 파도를 헤치고 나에게 가까이 다가오고 있었다.

물속의 밤

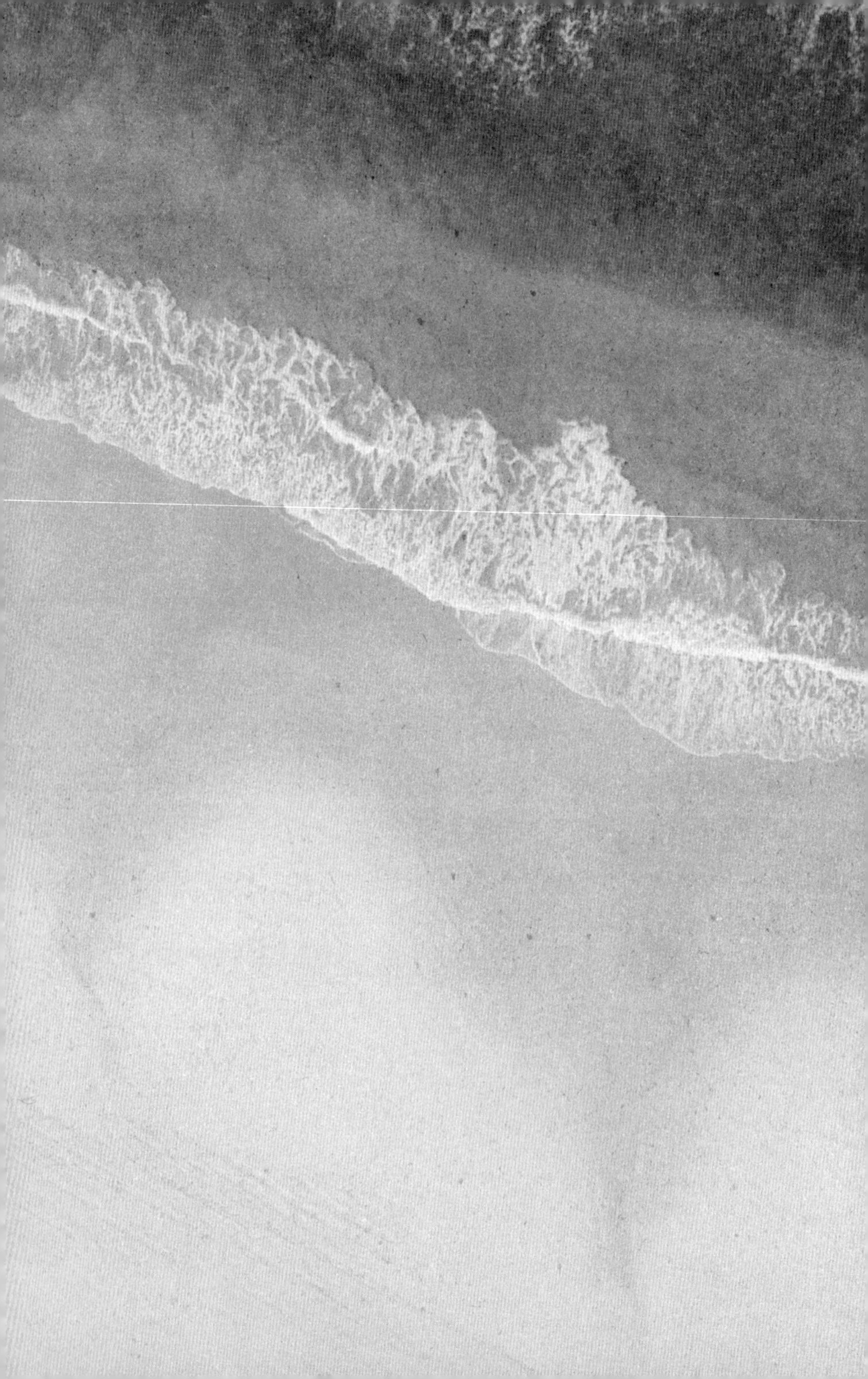

지하 이 층의 수족관이 어둠에 덮였다. 밤의 정적이 부드럽게 내려앉았다. 어둠은 물고기들이 헤엄칠 때마다 잘게 부수어져 희푸르게 변했다. 물고기들은 부유하는 빛을 삼키려는 듯 천천히 헤엄쳤다. 낮은 기계음이 정적을 가르며 들려왔다. 수족관의 물을 적정 온도로 유지하기 위한 냉각기 소리다. 냉각기 소리가 들릴 때마다 고요한 수면이 미세하게 떨렸다.

보트에 앉아 있던 나는 보리새우를 한 줌 쥐어 물속으로 뿌렸다. 보리새우들이 포물선 모양으로 흩어지며 아래로 가라앉았다. 보트 주위를 맴돌던 물고기들이 삽시간에 먹이 쪽으로 모여들어 뒤엉켰다. 어두운 수족관 속에서 때아닌 먹이 전쟁이 일어났다. 재빨리 보리새우를 물고 달아나는 물고기들과 제자리에서 먹이를 더 많이 삼키려는 물고기들이 한바

탕 난리를 쳐댔다. 그 바람에 물보라가 첨벙대며 배 안까지 튀어 들어왔다. 나는 노를 저어 배를 이동시켰다. 배 가까이 몰려 있던 물고기들이 삽시간에 사방으로 흩어졌다. 그레이너스 상어가 머리를 내밀며 다가오더니 앞에 있는 팔뚝만 한 전갱이를 덥석 물고 사라졌다. 놈이 사라지자 수면은 물결이 잦아지면서 다시 평화로워졌다. 소리와 빛이 극도로 차단된 세계, 물고기들의 몸짓과 내 안에서 들리는 소리만이 가득한 세계에서 나는 고요히 차오르는 행복감을 맛본다. 다른 직원들이 기피하는 야간 당직을 내가 즐겨 자원하는 이유다.

내가 아쿠아리스트가 된 건 우연한 기회였다. 첫 직장인 건축 공사현장에서 나는 소음에 몹시 지쳐 있었다. 포크레인이 바닥에 깔린 자갈과 흙을 퍼 올리는 소리, 레미콘에서 나오는 콘크리트가 바닥에 쏟아지는 소리, 바위에 구멍을 뚫는 착암기 소리들 때문에 견딜 수가 없었다. 평생 이 소리를 들으며 돈을 번다고 생각하니 막막했다. 낮에 들었던 소음이 귓속에 고여 밤마다 윙윙거렸다.

그 무렵, 바닷가에 왔다가 아쿠아리움을 관람했다. 수족관 안에 바닷물이 오롯이 갇혀 있는 걸 보고 숨이 멎는 느낌이었다. 깊은 바닷속의 고요에 파묻혀 부드러운 물살을 가르며 첨벙대는 물고기들을 바라보면 한없이 마음이 평화로워졌다. 그 안에 가만히 머물러 있으면 나 자신이 가득 채워지고 세상으로부터 분리되는 것 같았다. 그 속에도 하나의 우주가 살아 숨 쉬고 있었고 조용한 출렁임 속에 세상의 깊은 속살이 내비치고 있었다. 내가 있을 곳은 이곳밖에 없다는 생각에 바로 아쿠아리움 관계자를 찾아갔고 중급 다이버 자격증을 취득한 후 입사했다. 아쿠아리움에 있는 물고기들과 금방 정이 들어 수족관을 청소하거나 먹이를 주면서 내 넋두리를 하염없이 풀어놓기도 했다.

한여름의 무더위는 식을 줄을 몰랐다. 대낮의 뙤약볕을 피해 지하의 냉기를 찾아 방문한 아쿠아리움 관람객들이 배로 늘어나면서 두 번 하던 다이버 토크쇼가 네 번으로 늘어났다. 곧 다이버 토크쇼가 시작될 시간이라 나는 백 하우스에서 입수 장비를 챙겼다. 검은색 스쿠버 슈트와 부력조끼를 입은 다음 실린더를 맸다. 마스크와 스노클을 얼굴에 걸고 핀을 발목에 부착했다. 마지막으로 수족관 바깥 관람석에 있는 멀티 화면과 연결된 수중 카메라를 들었다.

아쿠아리움은 방학을 맞은 학생들과 피서객들로 인하여 북새통을 이루었다. 상어 피딩 쇼, 뮤직 토크쇼, 다이버 토크쇼 등 직원들은 예정된 이벤트를 진행하느라 진땀을 흘렸다. 직원들의 마이크 소리와 관람객들의 조잘대는 소리가 어우러져 늘 떠들썩했다. 메인 수족관은 지하 이 층에서부터 지하 삼

층까지 이어져 있었고 무대는 지하 삼 층에 있었다. 나는 지하 이 층 수족관의 아크릴 강화유리를 따라 천천히 내려갔다. 바닥에 다 내려가 중앙에 있는 무대를 향해 돌아섰다. 수족관 밖 관람석 쪽에서 진행을 맡은 윤 주임의 마이크 소리가 아크릴 강화유리를 뚫고 들려왔다. "지금부터 다이버 토크쇼를 시작하도록 하겠습니다. 박건우 아쿠아리스트가 무대로 나오고 있는데요. 여러분 반갑게 맞아주세요." 이어 관람객들의 시선이 나에게 쏟아지며 박수 소리가 들렸다. 나는 손을 흔들어주었다. 라이브 공연이라 할 때마다 가슴이 두근거렸다. 제일 먼저 카메라 렌즈를 그레이너스 상어에게 맞추며 설명했다. "상어는 뛰어난 감각기관을 갖고 있는데다 사람들에게 많은 것을 제공하는데요. 잘 아시겠지만 살코기와 지느러미는 요리에 들어가고 간유, 연골, 혈액은 의약품과 화장품 원료로 쓰입니다. 그 밖의 껍질 부분은 가죽으로 만들어집니다. 그레이너스 상어가 대형 수족관에서 사육되는 것은 환경에 잘 적응하기 때문인데요. 때로는 사람을 무참히 공격하기도 한답니다."

이어서 자이언트 그루퍼에 카메라를 비췄다. "변색동물이라 몸의 색을 변화시킨 다음 먹잇감을 유인하여 한입에 삼켜버리죠. 그루퍼가 큰 입을 벌리고 있으면, 놀래기와 새우가 입과 아가미를 깨끗이 청소한답니다." 이어 부채가오리, 푸른바다거북의 순서로 비추어주었다. 새로운 물고기가 화면에 나타나면 관람석에서는 환호가 터져 나왔고 카메라와 폰이 사람들 눈앞에서 번쩍거렸다. 윤 주임이 물고기들은 불빛에 민감하여 스트레스를 잘 받으므로 촬영은 해도 플래시 사용은 자제해달라고 부탁했다. 관람석에서 들려오는 웅성대는 소리들이 망치가 되어 내 몸을 두드리는 것 같았다. 숨을 길게 내쉬자 하얀 기포들이 송송 뿜어져 나와 올라갔다. 나는 관람객에게 손을 흔들며 바다거북의 등을 타고 물 위로 올라왔다.

"이런 더운 밤에는 시원한 얘기가 좋겠지?"

그녀가 속삭이듯 말했다. 낡은 에어컨에서 나오는 텁텁한 바람이 방 안을 맥없이 떠돌았다. 나는 졸리니 그만 자자고 말하고 싶었지만 참았다. 얘기를 그만두자고 하면 그녀는 자기 얘기가 듣기 싫어서 그러냐고 따지려 들 게 뻔했다.

"캘리포니아에 사는 어떤 사람이 애완용 뱀을 기르고 있었대. 뱀은 냉혈동물이잖아. 이런 밤에 뱀이 내 몸을 칭칭 감고 있다고 생각해봐. 으스스하잖아."

"그러네. 벌써 으스스해지는데……."

"그 사람이 뱀을 훈련시켰는데 처음에는 몸에 감고 외출을 하거나 식사도 했대. 그다음에 어떤 훈련을 시켰냐 하면 말이야. 뱀을 자기 콧구멍으로 넣어 입으로 나오게 했다네."

"콧구멍으로 넣어서 입으로?"

"그렇다니까. 콧구멍으로 넣어서 입으로, 다시 입으로 넣어 콧구멍으로."

그녀가 오른쪽 검지를 내밀어 리듬을 맞추듯 코와 입 아래위로 오르내리며 키득거렸다. 그러고는 뱀으로 몸을 감는 흉내를 내는 것처럼 내 가슴에 자신의 손을 올려 천천히 쓰다듬었다. 선득한 냉기가 차오르는 것 같았다.

"뱀 따위 감지 않아도 이제 시원해졌는걸. 그러니 그만 자."

나는 하품을 크게 하며 말했다.

그녀의 불면증은 여름이 되면서 더욱 심해졌다. 가뜩이나 열대야가 계속되면서 밤을 꼴딱 새우는 일이 한두 번이 아니었다. 그녀는 잠들지 못해 괴로워했고 나는 잠들지 못하는 그녀로 인해 괴로워했다. 숙면에 좋다는 편백나무 열매가 든 베개를 사 오거나 워터폼 매트리스로 바꿔주기도 했지만 별 효험이 없었다. 잠이 오지 않을 때 듣는다는 로드리고의 〈아랑훼즈 협주곡〉 2악장과 푸치니의 〈공주는 잠 못 이루고〉를 들려주었지만 마찬가지였다. 그녀는 음악을 들으며 눈물은 흘렸지만 잠은 들지 않았다. 그녀의 불면증은 내가 즐기는 정적의 세계와 잠을 방해했다. 내가 좀 자야겠다고 눈을 붙이면, 그녀는 자기보다 먼저 잠들지 말라며 내 품을 파고들었다. 제발 이야기 좀 더 하다가 자, 하며 졸랐다. 나는 하는 수 없이 억지로 눈을 뜨고 있어야 했다. 이번에는 내가 이야기를 시작했다.

"어디서 들었는데 우리 머리 안에는 송과선이라는 게 있대."

"송과 뭐? 그게 뭔데?"

"솔방울 모양인데 콩알만큼 작은 거야. 어떤 학자는 그것을 정신과 몸이 만나는 부분이라고 표현하기도 했더군. 그런데 그 송과선에서 나오는 멜라토닌이 우리 몸속 시계를 조절한다는 거야."

"정신과 몸이 만나는 부분이라고? 그럼 그 솔방울 같은 게 상처 나면 몸과 정신이 한꺼번에 다친다는 거야?"

그녀는 의아한 표정을 지으며 물었다.

"그런 셈이지. 수면장애라는 것이 바로 이 생체 시계를 무시했을 때 일어나는 거야. 우울증이나 암 같은 병도 생기고."

그녀는 아까보다 더 눈을 말똥말똥 뜨고 나를 바라보았다. 그녀의 그런 눈을 보자 머리에서 불덩이가 불쑥 치미는 느낌이었다. 나는 벌떡 일어나 주방으로 갔다. 냉수를 벌컥벌컥 들이켠 후 냉장고에서 팩에 든 우유를 꺼냈다.

"열대야 때문에 너나없이 잠 못 들어. 크게 걱정하지 마. 기온이 내려가면 별일 없을 테니까. 자, 일어나 우유나 한 잔 마셔봐."

내가 소파에 앉으며 말하자, 그녀가 일어나 내 옆에 앉으며 우유를 받아 들었다.

"네 말대로 내 머릿속 솔방울이 엉망이 된 것 같아. 이러다가 내가 미쳐버리지나 않을지 모르겠어."

"너만 그런 게 아니야. 오죽 더워야지."

"아니, 내 불면증은 사실 오래된 거야."

그녀의 목소리가 착 가라앉은 듯 기운이 없었다.

"어릴 때부터 여름만 되면 불면증이 일어났어. 돌아오지 않는 엄마를 기다리다 꼬박 밤을 새우는 일이 잦아지면서 그렇게 된 것 같아. 중학교 고등학교 때도 뜬눈으로 밤을 새운 뒤 등교하기 예사였고 성인이 되면서도 별로 나아진 게 없어. 미안해. 이런 내 비밀을 이야기하지 않으려 했는데. 엄마와 어떻게 헤어졌는지 기억이 나질 않아. 불면증을 앓으면서 기억력이 자꾸 떨어지는 것 같아."

그녀가 목을 젖혀 우유를 꿀꺽꿀꺽 마셨다.

"그런 아픔이 있었구나. 그럼, 엄마가 어디 다른 곳에 계신 거야?"

"그것조차도 기억나지 않아. 어딘가에 계시다면 날 찾으러 오겠지. 아무 소식이 없는 걸 보면……."

"아픈 기억 자꾸 생각하려고 애쓰지 마. 때로는 모르고 있는 게 더 나을 수도 있어. 앞으로 일어날 좋은 일만 생각하자고."

나는 한쪽 팔을 뻗어 그녀의 어깨를 감싸주었다. 그녀가 살며시 머리를 내 가슴에 밀착시키고는 스르르 눈을 감았다. 창밖의 오렌지색 나트륨 불빛이 벽에 비쳤다. 길을 지나가는 사람들의 얘기 소리가 간간이 들렸다.

"어제까지 멀쩡했던 물고기들이 갑자기 왜 죽었냐고?"

강 팀장이 회의실 테이블을 한 손으로 탁탁 두드리며 말했다. 상어수족관에 들어 있던 골든 트레바리 스무 마리가 뒤집어진 채 둥둥 떠 있는 것을 제일 먼저 발견한 사람은 강 팀장이었다. 안구가 돌출되고 허연 내장이 배 밖으로 튀어나왔다고 했다. 그 골든 트레바리들을 신참직원 두 명이 뜰채로 건져 스티로폼 상자에 담아 수산질병관리사에게 보냈다고 했다. 처음 입사했을 때 금색에 검정색 가로무늬를 띄던 몸 색깔이 성어가 되면서 서서히 은색으로 변해가던 골든 트레바리들을 떠올리자 순간 눈시울이 촉촉해져왔다.

"방사능 때문에 그런 게 아닐까요?"

정 대리가 고개를 갸웃거리며 말했다.

"수족관 물이 바닷물이잖아요."

강 팀장이 미간을 잔뜩 찡그리며 정 대리를 주시했다.

"설마 그 방사능이 아직 이곳에 남아 있겠어? 얼마 전, 태평양 건너 캐나다 밴쿠버 섬 앞바다에서 검출되었다는 보도가 있었잖아. 한 달 전, 바닷물 안전도 검사에서도 안전했어."

강 팀장의 목소리에 짜증기가 잔뜩 묻어 있었다.

"아니면……."

나는 자신 없이 말했다. 상어수족관 담당자는 나였다.

"아니면 뭐? 박 대리, 괜히 뜸 들이지 말고 말해봐."

"스트레스요. 날씨가 워낙 더워 물고기들도 스트레스를 받을지 모르잖아요."

"그럴지도 모르지. 어쨌든 먹이부터 철저히 점검해봐. 이 더위에 먹이가 제일 걱정되는 부분이니까. 정보가 새나가면 기자들이 모여들 텐데. 하지만 물고기 몇 마리 죽어나갔다고 이 수족관이 어떻게 되는 것 아냐. 영업하는 데는 아무 지장 없으니 모두들 침착하게 행동하고 소문나지 않도록 조심해."

강 팀장의 말을 끝으로 모두 제 부서로 돌아갔다. 나는 다이버 복장으로 수족관으로 들어가 둥둥 떠다니는 먹이들을 관찰했지만 아무런 이상이 없었다. 냉동 먹이를 쓰기 때문에 부패될 염려가 없었고 수족관 청소도 이끼 하나 없이 말끔하게 되어 있었다. 점심시간에 해수를 관찰하기 위해 바닷가로 나갔다. 태양이 해변을 달구고 있었다. 걸은 지 일 분도 되지 않아 숨이 턱턱 막히고 팔다리가 벌겋게 달아올랐다. 취수관이 묻혀 있는 방파제 쪽으로 걸어갔다. 방파제 쪽은 별다른 징후가 보이지 않았다. 물가 쪽 자갈들 색깔이 조금 이상한

게 적조 같았다. 나는 돌아와 강 팀장에게 먹이와 취수관 부근의 상태를 사실대로 보고했다.

열대야가 수그러들지 않자, 그녀의 불면증도 수그러들지 않았다. 그녀가 연어구이와 꽃게탕이 먹고 싶다고 하여 장을 봐서 요리를 해놓으면, 냄새만 맡고는 숟가락을 탁, 놓아버렸다. 결국은 나 혼자 그녀의 몫까지 먹어치우느라 땀을 뻘뻘 흘려야 했다. 그녀가 잠들었다는 것을 확인하고 잠을 청하려 하면, 어느새 눈을 떠 혼잣말을 구시렁구시렁 내뱉었다. 잠꼬대였지만, 마치 전생을 불러내는 주문같이 들렸다. 눈을 똬록 뜬 채 물고기처럼 잠들었다 이십여 분이 지나서야 눈꺼풀이 슬며시 내려갔다. 나도 눈을 감고 잠을 청했다. 베란다 창이 습자지색으로 변해갈 무렵, 부스럭거리는 소리에 눈을 떴다. 그녀가 밤새워 색연필로 잔뜩 색칠을 한 컬러링 엽서들을 마음에 들지 않는다고 갈기갈기 찢고 있었다. 나는 그녀를 보며 한숨을 푹푹 내쉬었다.

"왜 그래? 한숨만 푹푹 내쉬고?"

"나 요즘 많이 피곤해. 도대체 그렇게 잠을 안 자고 어떡해? 어디 수면클리닉 같은 데라도 가봐야 하는 거 아냐?"

그녀는 똬록똬록한 눈망울을 굴리며 내 얼굴을 흘겨보았다.

"이것도 내 취미고 우리 집 문화라고 생각하면 되잖아. 그런 눈으로 보는 것 진짜 불쾌해."

그녀로 인해 나는 점점 지쳐갔지만 다시 숙소로 돌아갈 생각은 없었다. 그녀 목소리는 여전히 밤의 달빛같이 은근하고 포근했으며 나는 그 속에 휘감겨 헤어나지 못했다.

그녀를 처음 만난 것은 '밤을 밝히는 사람들'이라는 인터넷 카페를 통해서였다. 잠을 쉬 이루지 못하는 사람들이 밤의 속살을 헤집는 이야기를 하거나 달과 태양계에 대한 이야기를 하며 수다를 떠는 곳이었다. 사원 숙소에서 혼자 자취를 하던 고독을 달래기 위해 밤늦은 시간에 인터넷 서핑으로 시간을 보내곤 했다. 그녀와 나는 우연히 행성의 이름을 아이디로 썼는데, 그래서인지 그녀는 나에게 자주 채팅 신청을 했다. 그녀의 아이디는 금성을 뜻하는 베누스, 내 아이디는 목성을 뜻하는 주피터였다. 각자 좋아하는 행성의 이름이었다. 우리는 금성과 목성의 크기와 지구까지의 거리 등에 관한 상식적인 이야기를 늘어놓으며 수다를 떨었다. 알고 보니 나이까지 동갑이었다. 그녀는 지구가 폭발하면 가장 가까운 행성인 금성으로 가는 게 좋다고 했고, 나는 좀 멀어도 가장 큰 행성인 주피터가 좋다고 했다. 베누스는 로마신화에 등장하는 것처럼 아름다울 거라고 내가 농담 삼아 말하자 그녀는 사실 외모보다는 목소리가 더 아름답다고 말했다. 내가 전화를 해서 확인하고 싶다고 하자, 그녀가 번호를 적어주며 오케이, 하는 신호를 보냈다. 나는 전화를 걸었다. 그녀가 "주피터지. 나 베누스야. 어때 내 목소리?"라며 전화를 받았고, 나는 "아, 역시 기대를 저버리지 않네. 하루의 피로를 싹 씻어줄 것 같은 목소리야."라고 칭찬해주었다. 그녀의 목소리는 실제로 차가운 유리컵에 맺힌 물방울같이 맑고 시원했다. 내 칭찬이 사탕발림같이 느껴지지만, 진실로 받아들이겠다고 그녀는 말하고는 내 목소리도 남자답고 활기차다며 추켜세웠다. 그녀는 자신의 목소리 덕분에 쇼핑몰 텔레마케터 일을 한다며 나보고 무슨 일을 하는지 물었다. 나는 바닷가 백사장 지하에서 일한다고 했다. "뭐라고? 그럴 리가?"라고 묻는 그녀의 말에 나는 키득대며 웃었다. 사실은 바닷가 입구에 있는 아쿠아리움이라고 하자, "아!" 감탄사를 내더니 바닷가에 가면 한번 들러도 되냐고 물었다. 이번에는 내가 오케이, 하는 신호를 보냈다.

다음 날, 아쿠아리움 입구에서 그녀가 전화를 했다. 폐장 시간이 되어야 만날 수 있다고 하자 아쿠아리움을 관람하며 기다리겠다고 했다. 폐장 시간이 지나 입구로 가니, 보라색 커플린 모자와 민소매 원피스를 입은 그녀가 서 있었다. 자그마한 체격에 얼굴은 통통했지만 귀여워 보였다. 그날 이후 나는 그녀와 자주 만났다. 그녀와 나란히 걷거나 옆에 앉아서 나직하게 뭔가를 소곤거리면 솜털이불에라도 휘감긴 듯 아늑

함을 느꼈다. 그녀 목소리 끝에는 아련한 페퍼민트 향이 묻어났고 나는 그 여운을 가볍게 음미했다. 그녀는 엔젤피쉬 같았다. 현란한 색의 가로줄무늬를 가지고 순한 눈동자로 지느러미를 하느작거리는 열대어 엔젤피쉬. 나의 엔젤피쉬가 좋아졌고 잘 보살피겠다고 스스로 맹세했다. 헤어질 때는 으레 내 차로 그녀가 살고 있는 집까지 데려다 주었다.

그녀가 자신의 집으로 처음 초대를 했던 날, 함께 밤을 보냈다. 그녀의 집 베란다에는 상품들이 박스째로 구석에 쌓여 있었다. 피자 팬, 냄비, 가습기, 트레이닝복, 배낭, 바지 등 다양한 물건들이었는데 쇼핑몰로부터 월급 대신 받은 것이라고 했다.

그녀의 집을 세 번째 방문하고 돌아갈 때, 그녀가 "생활비도 절약할 겸 같이 사는 건 어때?"라고 넌지시 물었다. 내 눈에 불이 켜지는 순간이었다. 그녀와 하이파이브를 하며, "내일, 당장 짐 싸서 올게."라고 외쳤다. 원룸이지만 두 사람이 지내기에 부족함은 없어 보였다. 다음 날, 퇴근하자마자 여행용 가방에 간단한 짐을 꾸려 그녀의 집으로 갔다.

숙면을 취하지 못한 데다 수족관과 바깥의 온도차 때문인지 감기몸살 기운이 무겁게 몸을 덮쳤다. 한기가 뼛속까지 스며드는 느낌이었다. 오전 업무를 마치고 정 대리에게 일을 부탁하고는 집으로 왔다.

그녀가 보이지 않았다. 옷을 갈아입고 침대에 누워 잠을 청하려 하는데 어디서 기묘한 소리가 들렸다. 벽을 갉아대는 쥐소리 같기도 하고 발정 난 고양이의 신음 소리 같기도 한, 무시하려고 하면 할수록 더 귓불을 비집고 잡아끄는 소리였다. 가만히 들어보니 욕실에서 들리는 소리였다. 욕실 문에 귀를 기울였다. 그녀 목소리였다. 온몸의 솜털이 오소소 일어섰다. 좀 더 깊게…… 예, 거기요. 그렇게…… 아, 아, 좋아요, 좋아. 당신이 느껴져요. 네, 그렇게 아아……. 나는 욕실 문을 살며시 열었다. 그녀가 벌거벗은 채 욕조 안에서 눈을 감고는 휴대폰 이어폰을 귀에 꽂은 채 속삭이고 있었다. 햇살을 가득 받은 호수처럼 그녀의 표정은 더할 수 없이 투명하게 반짝거렸다. 문소리를 듣지 못했는지 눈도 뜨지 않았다. 날카로운 칼에 심장이 저며지듯 속이 아릿했다. 욕실 문을 소리 나게 쾅 닫았다. 머릿속이 하얗게 비워지고 있었다. 그녀가 문을 열고 나왔다. 목욕 가운을 걸친 그녀 얼굴이 아까와는 달리 사뭇 굳어 있었고 젖은 머리칼에서 물이 뚝뚝 떨어지고 있었다. 그녀의 눈길이 황망하게 흔들렸다.

"대체 무슨 짓이야?"

나는 더러운 벌레를 보듯 그녀를 노려봤다.

"놀랐어?"

"놀랐냐고? 그걸 말이라고 해?"

"텔레마케터라더니……. 이걸 말하는 거였군."

"사실대로 얘기할게. 삼 개월 전 홈쇼핑 텔레마케터에서 해고되었어. 그 후 길을 가다 전봇대에서 '매력적인 목소리를 찾습니다.'라는 광고를 보게 되었어. 일을 하고 싶은 마음에 망설이지 않고 찾아갔는데 몇 분의 통화로 돈이 수월케 들어오자 도저히 빠져나올 수가 없었어."

그녀는 담담한 목소리로 말했다.

"하여튼 난 여기 있을 수 없어. 숙소로 돌아가겠어."

그녀는 하얗게 탈색된 표정으로 날 물끄러미 바라보았다.

"고작 이깟 일로 이러는 거 이해 안 돼. 네가 내 일을 간섭할 권리는 없는 거잖아. 이건 내 프라이버시고 내 권리야. 존중받을 필요가 있는 거라고."

그녀가 언성을 높였다.

"이런 짓을 하는데 간섭하지 말라고? 이게 아무렇지도 않게 그냥 지나갈 수 있는 일이야?"

날카로운 목소리가 나도 모르게 튀어나왔다. 나는 주섬주섬 옷과 소지품을 챙겨 가방에 넣었다. 그녀가 내 앞을 막아서며 애절한 눈빛으로 날 바라봤다. 나는 그녀를 밀쳐내고 사원 숙소로 돌아와버렸다. 그녀가 없는 생활에 나는 곧 적응했다. 가끔 보고 싶기도 했지만, 그때의 행동을 떠올리면 견딜 수 있었다.

그녀는 종종 한밤중에 전화를 걸어왔다. 차라도 한 잔 마시며 가볍게 얘기나 나누자고 했다. 그녀 목소리는 조심스럽고 애절하게 들렸지만 나는 묵살해버렸다. 분노와 고독감이 밤마다 나를 삼킬 듯 덤벼들었지만 여전히 그녀를 만나는 일은 꺼려졌다. 텁텁한 공기가 고여 있는 숙소에는 연회색 먼지덩이가 폴폴 날아다녔고 불빛에 비친 내 그림자가 길게 늘어져 보였다. 마치 외딴 섬 안에 갇혀 있다는 느낌에 등줄기가 뻣뻣해졌다. 아침이면 숙소를 나와 다시 지하의 아쿠아리움으로 들어가는 생활이 이어졌다. 더운 기온만큼이나 머리와 가슴도 바짝바짝 타들어가는 느낌에 온몸이 녹지근했다.

나는 그녀의 전화를 의도적으로 받지 않았다. 그러자 그녀는 사무실로 전화를 걸어 나를 찾기도 했다. 여직원이 전화를 받아 나에게 메모를 건네주었지만 나는 연락하지 않았다. 일을 마치고 주차장에 갔을 때였다. 언제부터 기다렸는지 그녀가 내 차 근처에 서 있었다. 모른 척 차 문을 열고 운전석에 앉는데 조수석 문을 열며 그녀가 냉큼 올라탔다. 어디 찻집에라도 가서 얘기 좀 해, 하고 말했지만 나는 아무 말도 하지 않았다. 숙소에 도착하기 전에 내리라고 소리쳤지만 요지부동이었다. 그때 하던 일을 그만두었으니 나와 다시 시작할 수 없느냐고 그녀는 말했다. 순간 다시 받아들여야 할지 결정을 내리기 힘들었다. 그녀를 만나 힘들었던 날들이 다시금 고개를 치켜들었다. 나는 고개를 단호히 내저었다.

"늦었어. 한번 강을 건너버리면 다시 돌아가기는 힘들어지는 법이야."

내 얼굴을 빤히 쳐다보는 그녀의 얼굴이 굳어지며 입가의 근육이 일그러졌다.

"너 참 무서운 사람이야."

그녀 집 앞에 차를 세우자, 그녀는 핏줄이 선 눈으로 나를 한참 노려보더니 차에서 내리고는 문을 쾅 닫았다.

나는 곧바로 차를 출발시켜 집으로 왔다. 열대야는 계속 이어졌다. 세상이 불면에 빠진 것처럼 밤이면 끊임없는 소음이 지칠 줄 모르고 들려왔다. 어디선가 드릴이 벽을 뚫는 소리, 자동차 경적 소리, 술주정꾼이 쌍욕을 마구 질러대는 소리, 여자가 내지르는 신음소리, 아이 울음소리, 온갖 소음이 내 귀를 파고들었다. 듣지 않으려고 귀를 막았지만 막상 소리가 들리지 않고 조용해지면 은근히 그 소리들이 기다려졌다. 소리들 중에는 조용하게 중얼거리던 그녀의 목소리도 간간이 끼어들며 내 속을 갉아댔다. 무서운 사람이야. 너, 무서운 사람이야. 너 무서운 사람. 그녀 목소리는 거머리같이 달라붙어 진득거렸다. 나는 잠이 들었다가도 그 소리에 덜컥 깨어나 밤새 잠을 이루지 못했다.

임시회의가 열렸다. 강 팀장의 표정이 어두워 보여 나는 맥이 빠졌다.

"줄전갱이 열 마리가 또 폐사했어. 척추가 활처럼 휘어진 채 바위에 엎어져 있는 것을 윤 주임이 발견했더군. 수산질병관리사로부터 통보가 왔는데 지난번 트레바리 폐사 원인은 적조일 가능성이 높다는 의견이야. 방사능 오염이나 스트레스가 아냐. 스트레스라면 갑자기 죽지는 않았겠지."

강 팀장이 얘기를 하고는 잠시 심호흡을 했다.

"더위가 물러날 생각을 안 하네."

내가 옆자리에 있는 정 대리만 들으라는 듯 작은 소리로 말했다.

"글쎄 말이야. 오늘이 처서인데."

정 대리가 대꾸하고는 한숨을 푸우 내쉬었다.

"이대로 가다간 물고기들이 다 죽을 수도 있어. 무더위가 곧 수그러들 기세도 아니고 말이야. 오늘부터 비상근무 체제에 돌입할 테니 긴장하고 밤에도 폰을 켜놓고 있도록. 정 대리는 LSS 다시 점검해서 여과시간을 더 늘리도록 해."

강 팀장이 말을 끝내고는 두 손으로 뒷덜미를 긁적거리더니 굳은 표정으로 회의실을 걸어 나갔다.

"적조라면 지구 온난화 때문인데, 이거야 원 방법이 있어야지."

정 대리가 탁자 위의 서류를 챙겨 들며 시큰둥하게 한 마디 했다.

"그러게, 지구를 식힐 무슨 묘안이 없을까? 현대 과학이 못 하는 게 뭐 있어?"

나는 고개를 갸웃거리며 말했다.

"영화를 보니까 태양을 쏘는 방법도 있던데 참."

정 대리가 어려운 수학문제라도 푼 듯 눈을 반짝 빛내며 말했다.

"그거 좋은 방법 같은데."

나는 비죽 웃으며 말하고는 정 대리와 함께 회의실을 나왔다.

퇴근 시간이 지나 식당에서 낙지볶음을 먹고 있을 때, 그녀에게서 전화가 왔다. 나는 얼떨결에 전화를 받았다.

"오늘 혹시 야근이야?"

그녀 목소리는 예전과는 사뭇 다르게 애처롭게 들렸다. 그런데도 그 목소리가 내 몸속 어딘가를 들쑤시며 짜증을 불러왔다.

"진짜 끈질기네. 왜 사람 말귀를 못 알아들어? 야근이면 어쩌려고?"

나는 한숨을 내쉬며 버럭 소리를 내질렀다.

"그래서 연락한 거야. 마지막 인사라도 하려고. 마무리는 제대로 해야 하니까."

그녀의 말끝에 묘한 떨림이 느껴졌다.

"마지막 인사고 뭐고 요즘 수족관에 문제가 생겨서 비상근무야. 그럴 여유가 없어."

"나 내일 멀리 떠나. 오늘 밤밖에 시간이 없다고."

"떠나건 말건 그건 그쪽 사정이고 제발 좀 그만하자."

전화는 끊어졌다. 빨판같이 들러붙는 그녀가 내 숨통을 틀어 쥐는 듯했다. 한 시간 뒤 그녀가 다시 아쿠아리움으로 전화를 걸어왔다. 일 층 출입문에서 기다리고 있다고 했다. 일 층 출입문을 열었더니 비바람이 사납게 몰아치고 있었다. 긴 가뭄과 무더위를 해소할 비가 드디어 내리는 모양이었다. 하얀 섬광이 몇 차례 형광등처럼 어둠 속을 비추더니 이내 천둥소리가 도시의 밤공기를 후려쳤다. 어둠 속의 그녀가 희붐한 실루엣처럼 보였다. 그녀가 입고 있는 하얀 티셔츠와 청색 반바지가 비에 젖어 후줄근했고 어깨까지 드리운 머리칼이 착 달라붙어 있었다.

"우산도 없이……. 다 젖어버렸군. 일단 들어와."

"몰랐어? 태풍이 남해안에 상륙한다는 예보가 있어. 오랜만에 비를 보니 시원하게 맞고 싶었어."

그녀 얼굴이 핼쑥해져 있었다. 엘리베이터를 타고 지하 이층의 휴게실로 내려갔다. 그녀에게 수건을 건네고 인스턴트 커피를 타서 같이 마셨다.

"내일 이곳을 떠날 거야."

그녀가 내 눈을 들여다보며 말했다.

"나 때문이야? 어디로 가려고?"

"새로운 곳에 가서 다시 시작하고 싶어. 어쩌면 금성에 갈지도 모르겠어. 지구가 조만간 폭발할 것 같거든."

"하하. 그래?"

"전번에 그랬지. 사람 사이에는 한번 강을 건너버리면 다시 돌아가기는 힘들다고. 그게 무슨 뜻인지 이제 알 것 같아."

"그냥 무심코 한 얘기야."

"사실 낮에도 여기 왔었어. 토크쇼 할 때 관람석에서 손을 흔들었는데 날 알아보지 못하더라. 아무튼 카메라 든 모습이 멋졌어. 그래서 너를 한 번 더 만나고 싶어졌어."

그녀는 열병에라도 걸린 듯 한차례 몸을 부르르 떨고는 허공에 시선을 꽂았다. 나는 주방으로 가 상어 먹이를 챙겨야 하므로 같이 있을 시간이 많이 없다고 했다. 그녀가 잠시 생각에 잠기더니, 그러면 보트라도 태워주면 안 되겠냐고 물었다. 배 안에서 물고기들이 유유히 노니는 걸 보면 마음이 좀 가라앉을 것이라고 했다. 그런 다음에 떠나겠다고 했다. 나는 자리에서 일어나며 그 정도는 해줄 수 있다고 했다. 그녀와 함께 보트 타는 곳에 다다르자 그녀가 탄성을 질렀다.

“멀리서 볼 때와는 사뭇 다르네. 수족관이 넓긴 넓구나. 아, 비릿한 냄새!”

그녀 목소리에 갑자기 생기가 감돌았다. 나는 선반에 차곡차곡 개켜져 있는 주황색 구명조끼 중 하나를 꺼내 그녀에게 건넸다. 그녀가 손사래를 치며 갑갑한데 꼭 이딴 걸 걸쳐야 하냐고 투덜대었다. 나는 수족관이 지하 삼 층까지 이어져 있어 아주 깊다고 말하며 억지로 구명조끼를 입혀 버클을 채웠다. 나도 구명조끼를 입고 배 안으로 들어가 그녀와 마주 앉았다. 그녀가 배 안을 이리저리 살펴보더니 아, 하고 소리를 질렀다.

“물속에 있는 물고기들을 보니, 갑자기 어릴 적에 잠수함을 탔던 생각이 나네. 이제야 퍼즐조각들이 하나하나 다 끼워 맞춰진 느낌이야.”

그녀의 눈꺼풀이 바르르 떨리더니 기억을 어루더듬는 듯 아득한 표정으로 말했다. 한참 후에 그녀는 다시 입을 열었다.

“기억이 생생하게 떠올라. 여름에 엄마와 함께 잠수함을 타려고 우도로 갔어. 아마 새로운 경험을 시켜주려고 했나 봐. 노란색 둥근 뚜껑이 열리고 배 안으로 내려갔어. 잠수함은 물 아래로 자꾸 내려가는 것 같았어. 사람들 얼굴이 파르댕댕하게 보였고 잠수함 유리창으로 산호초와 돌돔 같은 물고기들이 지나갔어. 좀 있으니 산소통을 짊어진 다이버가 불쑥 나타나 손을 흔들었어. 다이버 주변은 알록달록한 물고기들이 몰려 있었고. 얼마 후 잠수함은 서서히 수면으로 떠올랐어. 창으로 물보라가 치더니 물방울들이 눈처럼 흩날렸어. 잠수함에서 내려 선착장으로 가는 배를 갈아탔는데, 그때는 분명히 함께 있던 엄마가 선착장에 내리고 보니 안 보이는 거야."

말을 끊고 숨을 몰아쉬는 그녀의 얼굴이 보랏빛으로 착색되어 보였다. 그러더니, 금방이라도 울음을 터뜨릴 듯한 표정을 지었다.

"엄마는 어디로 사라진 거지……?"

보리새우를 한 움큼 물속으로 던지며 내가 물었다. 보트 주위를 맴돌던 물고기들이 삽시간에 먹이 쪽으로 모여들어 뒤엉켰다. 그 바람에 물보라가 일며 물이 배 안으로 튀어 들어왔다. 그녀는 물고기들이 한가로이 유영하는 것을 물끄러미 바라보았다.

"엄마는 그즈음 늘 집에 밤늦게 왔어. 아빠와 자주 다투기도 했고. 아침에 보면 엄마 얼굴에 시퍼런 멍이 보이는 날이 많았어. 날 보며 푹푹 한숨을 쉬기도 하고 날 꼭 껴안고는 눈물을 주르륵 흘리기도 했어. 내가 왜 그러냐고 물으면, 아무것도 아니야. 유미야, 너 말이야 혹시 말이야 아냐 우리 유미는…… 아냐, 아냐, 그러면서 또 울음을 터뜨렸어. 대체 엄마한테 무슨 일이……. 엄마는 며칠 후, 바다에서 발견되었어. 그게 마지막이었어."

그녀의 표정이 의외로 담담해 보였다. 산란을 위해 긴 시간을 돌아온 연어 같은 표정을 짓고 있었다. 그녀는 머리를 좌우로 흔들어대며 기묘한 소리를 마구 내질렀다. 울음과 웃음이 뒤섞인 그 소리는 그녀 몸속에 있는 창자까지 휘돌아 나온 듯했다.

"이제 그만해. 모두 지나간 일이야. 다 잊고 앞으로 살 일만 생각하면 돼."

그녀는 내 말에 소리를 끊고 멍하니 있더니, 폰 카메라로 여기저기 사진을 찍어대었다. 그녀가 폰을 든 채 갑자기 자리에서 일어났다. 배가 기우뚱 기울더니 그녀가 균형을 잃고 휘청거렸다. 조심해! 하고 내가 외치는 것과 동시에 그녀는 물속으로 빠져버렸다. 잠시 후 물 위에 뜬 그녀는 하느작하느작 헤엄을 치며 갔다.

"이쪽이야!"

있는 힘을 다해 고함을 질렀지만 그녀는 오히려 반대쪽으로 물살을 헤치며 헤엄쳐 갔다.

"위험해. 빨리 나와!"

온몸에 소름이 돋았다. 수족관엔 어둠이 두터워졌고 어디선가 희푸른 불빛이 사방에서 만들어졌다가 흩어졌다. 낮은 기계음이 정적을 가르며 들려왔다. 어디로 사라졌는지 갑자기 그녀의 모습이 보이지 않았다. 지독한 어둠과 정적이 단숨에 그녀를 삼켜버린 듯했다. 잠시 후 그녀의 모습이 희미하게 보였다. 나는 배를 그녀 쪽으로 빠르게 이동시켰다. 배 가까이 몰려 있던 물고기들이 삽시간에 사방으로 흩어졌다.

아내가 잠든 밤

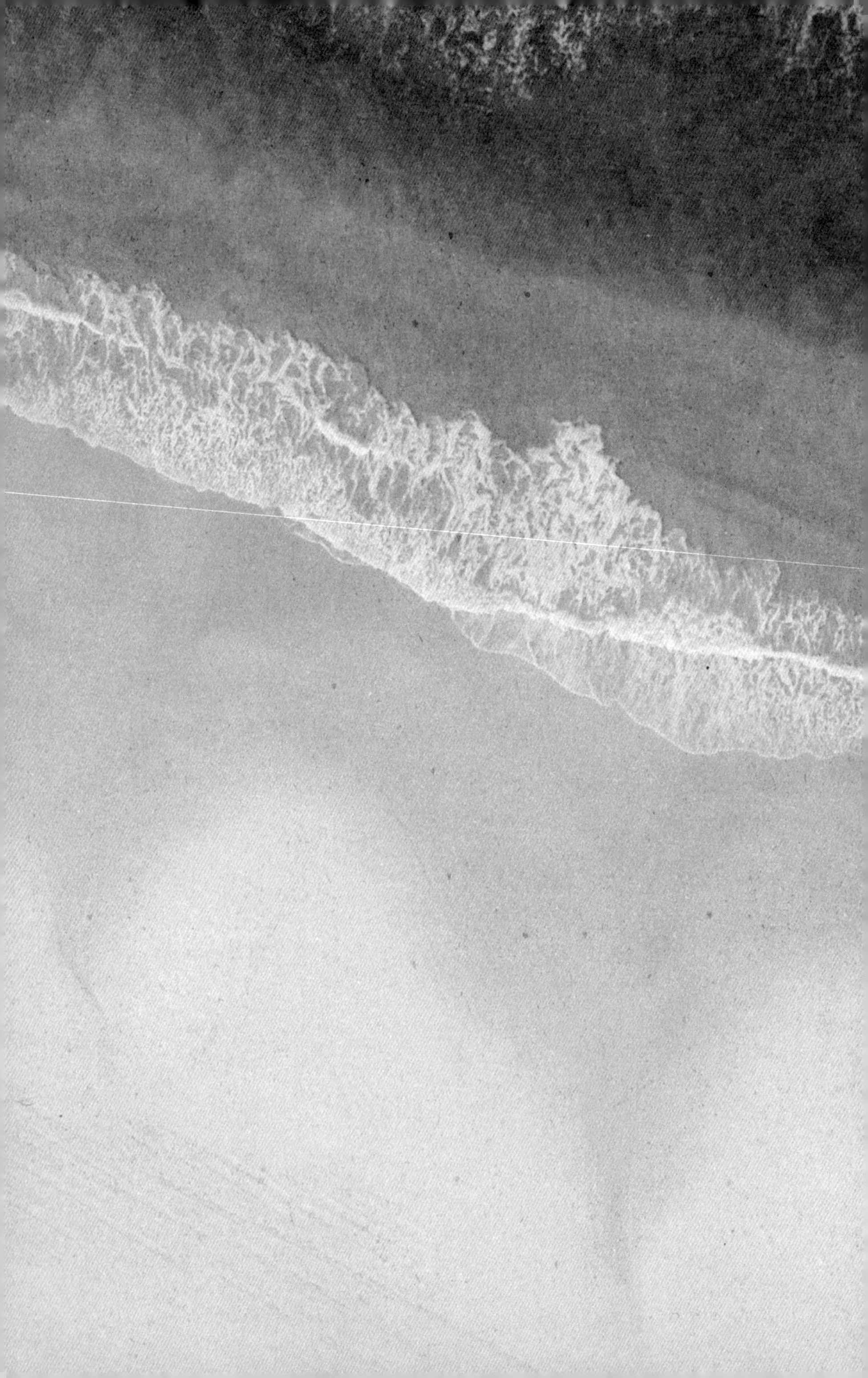

차량은 칠흑의 도로를 달렸다. 가끔 반대편 차선에서 헤드라이트가 가까이 다가와 눈앞에 하얀 영사막을 만들며 지나치고는 했다. 인적 하나 없는 도로는 어디선가 살쾡이라도 불쑥 뛰어들 것처럼 음산했다. 시계는 열 시를 가리키고 있어 옛집에 도착하면 열한 시가 넘을 것이다. 왼손을 핸들에 올려놓은 채 오른손으로 아내의 머리칼을 슬쩍 쓰다듬었다. 수평으로 뒤로 젖힌 좌석에서 자고 있는 아내는 옅은 숨소리만 내뱉을 뿐, 아무런 기척이 없었다. 취기는 운전하는 중에 사라졌지만 식은땀이 이마에 맺히고 있었다. 긴장을 풀기 위해 음악을 듣고 싶었지만, 혹시라도 아내가 깰까 봐 틀지 않았다. 차량이 갑자기 위로 튀어 오르며 쿵 소리를 냈다. 몸이 출렁거리자 몸속의 신경다발이 뻣뻣이 굳어버리는 느낌이 들었다. 아내 쪽으로 시선을 돌렸다. 아내는 움찔하더니 반대로 돌아눕고는 다시금 희미한 숨소리를 내뱉었다. 나는 가슴을 쓸어내리며 안도의 한숨을 내쉬었다.

우천정 방향으로 핸들을 꺾어 언덕 쪽으로 이 킬로미터를 더 달렸다. 옛집 근처 골목 모퉁이에 주차를 하니 열한 시 십 분이었다. 풀냄새에 섞인 거름 냄새가 아릿하게 콧등을 맴돌았다. 골목 속 옛집이 괴괴한 동굴처럼 보였다. 대문을 활짝 열어젖혔다. 집 안으로 들어가 방문도 활짝 열어두었다. 다시 차량으로 걸어와 조수석 좌석을 조심스럽게 올린 다음 아내를 둘러업었다. 아내는 곯아떨어져 있었다. 조심스럽게 한 걸음씩 옮기며 걸어갔다. 대청에 오르자 삐걱거리는 소리가 울려 심장이 콩닥거렸다. 안방에 들어가 아내를 조심스럽게 눕혔다. 얼룩덜룩하고 거뭇한 장판 위에 누워 있는 아내의 모습이 자못 요염했다. 나는 마지막으로 아내의 입술에 살며시 입술을 갖다 대었다. 자신이 버린 집에 갇혀 지난 생을 쓸쓸히 반추하며 살아갈 아내에 대한 마지막 예의라고나 할까.

외근을 나왔다가 감기 기운이 있어 일찍 귀가한 날이었다. 집 안은 정적이 무겁게 가라앉아 있었다. 집 안으로 들어서자 발코니 창은 희뿌연 햇살에 덮여 있었다. 익숙한 느낌과 낯선 느낌이 겹쳐지며 어지럼증이 잠시 일었다. 아내는 아직 귀가 전이었다. 나는 집 안을 찬찬히 들여다보다 아내의 방으로 들어갔다. 오데코롱의 향수 냄새가 방 안을 아련히 떠돌고 있었다. 향수를 자주 바꾸는 것은 아내의 취미였다. 향수뿐 아니라 아내는 오래된 것을 견디지 못했다. 매일 보는 내 얼굴이 똑같아 지겨워 죽겠는데 다른 것들이라도 자주 바꿔야 해. 음식물이 썩지도 않고 몇 달씩 냉장고에서 버티고 있다면 미쳐버리고 말 것 같아, 라고 말하기도 했다.

방의 구석에 백화점 쇼핑백 다섯 개가 나란히 놓여 있었다. 아내가 웨딩숍에서 퇴근할 때면 자주 쇼핑백을 들고 왔다. 내가 쇼핑백에 눈길을 주며 의아한 눈빛을 보내면 고객의 선물이야, 라고 말했다. 화장대 서랍을 열어보았다. 안에는 까르띠에 시계와 샤넬 스카프 등이 포장도 뜯지 않은 채 들어 있었다. 아이를 낳는 대신 그녀는 장신구들을 사들이는 것을 좋아했고, 새것을 가질 때마다 태아의 박동처럼 심장이 뛰는 것 같다고 했다.

방문을 닫으려고 돌아서는데 원탁 위의 노트북에 파란 불빛이 깜박거리고 있었다. 노트북 덮개를 열어젖히자 블로그 창이 보이더니, '미아 하우스'라는 제목이 보였다. 일본 오키나와에서 찍은 아내의 사진이 눈에 띄었다. 블로그 카테고리에는 영화, 음악, 소설이 보였는데 나는 그중 소설을 클릭했다. '새의 기억'이라고 적힌 글이 보였다.

1

이렌은 연인 새윤과 레스토랑에서 식사를 했다. 남편이 집에서 먹는 밥이라면 연인은 외식에 해당된다고 이렌은 생각했다. 이렌은 음식 탓을 하기보다는 자신의 미각을 찾아 언제나 외식을 할 준비가 되어 있었다. 그편이 남편과 자신의 행복을 위해 현명한 조치라고 생각했다. 세상 대부분의 여자들은 남편 탓을 하지만 그건 전 시대 여인들의 오랜 습관에 지나지 않았다. 집에서는 언제나 행복에 겨워 어쩔 줄 모르는 아내의 포즈를 취하면 된다. 영양과 문화의 균형적인 흡수를 위해서도 레스토랑 방문은 당연했다. 이렌은 화려한 레스토랑에서 자신의 매력을 발산하고 싶었고 자신에게 그 정도의 자격은 충분하다고 생각했다. 새윤 역시 화려한 레스토랑에 걸맞은 안심스테이크 같은 남자였다. 육개장 같은 남편과는 비교할 수가 없었다.

2

이렌은 아이가 없는 유부녀였고 직업은 웨딩 플래너였다. 비가 오는 날, 비가 대지를 두드리듯이 자신의 몸이 누군가를 두드리고 싶다는 것을 본능적으로 알았다. 그녀는 긴 웨이브 머리카락을 허벅지게 내려뜨린 채 할로겐 빛이 은은한 가로수 길을 걸었다. 어둠이 짙게 깔리자 이렌은 근방의 와인 바에서 혼자 술을 마셨다. 그

와인 바는 하얀 빛이 사방의 벽을 감싸고 있었다. 새윤은 거기서 만난 남자였다. 두 사람이 만난 지 두 달쯤 되었을 때, 새윤은 아내 때문에 헤어져야겠다고 이렌에게 말했다. 이렌은 새윤이 아내를 더 사랑한다고 느끼자, 묘한 질투가 치솟았다. 그 순간, 어떤 상황에서도 새윤을 차지하고 말겠다는 욕구가 샘솟았다. 이렌은 비독점적 다자연애 즉, 폴리아모리가 꼭 나쁘다는 생각이 들지 않았다. 여자들이 배우자를 언젠가 잃을지 모르기 때문에 보험 차원에서 외도를 한다는 말에도 수긍이 갔다. 이렌은 이슬에 젖은 눈동자를 보인 채 술을 마셨다.

가치노을 : 새의 기억, 잘 읽고 갑니다. 뒷이야기가 궁금해지는군요.

pie627 : 인간의 욕망이 애정의 구도로 표현되었네요.

시나몬 : 너…… 혹시 진성여고 졸업생 미아 아냐? 나 지수야. 기억나니? 웨딩 플래너로 일하다 결혼도 소리 소문 없이 했다는 얘기 들었어. 세상 참 좁다 그치. 우리 한번 만나자, 얘.

아내가 소설을 쓰기 위한 시놉시스를 올려놓은 것 같았다. 아래에 댓글까지 달려 있는 걸 보니, 공개된 글이고 제법 반응도 괜찮은 모양이었다. 언젠가 아내가 글을 쓰고 싶다는 얘기를 했지만 블로그에 소설을 쓴다는 얘기는 한 번도 한

적이 없었다. 자신이 고등학교 다닐 때 문예반에서 활동했다는 얘기는 자랑처럼 했었다. 부모님이 관광 여행 중에 교통사고로 함께 세상을 뜨지 않았으면 지금쯤 작가가 되었을 거라고도 했다. 글은 대개 작가들이 자기 체험이나 주변에서 소재를 찾아낸다는 것 정도는 나도 알고 있었다. 더구나 아내처럼 아마추어인 경우는 더욱 그럴 것이다. 이렌이 아내의 머릿속을 채우고 있는 인격체라는 생각이 들자 이렌의 행적 하나하나가 머릿속에서 떠나지 않고 맴돌았다. 나는 아내의 블로그 주소를 수첩에 기록해두었다.

밤이 늦도록 아내는 돌아오지 않았고 전화기는 꺼져 있었다. 순간, 아내가 소설 속 인물인 이렌의 모델이 아닐까, 하는 의심이 들었다. 거실 소파에 앉아 혼자 맥주를 몇 잔 마시고는 그대로 소파에 누워버렸다. 아내는 새벽에야 도둑고양이처럼 들어왔는데 초췌한 얼굴이었다. 나는 연락도 없이 무슨 일이냐며 추궁했다. 얼굴이 발그레해지던 아내는 이내 하품하는 입을 가리더니, 일주일 후 결혼할 신부가 갑자기 교통사고를 당해 병원에 다녀왔다고 했다. 아, 미안해, 하고는 소파에 풀썩 주저앉았다. 예비신부가 결혼하는 날까지 내가 안심하지 못한다는 거 알잖아. 나도 힘들어. 그만두고 싶다고. 아내는 금방 울음이라도 터뜨릴 것 같은 표정으로 말했다.

대체 당신은 어떤 여자야? 라는 말이 입속에서 흘러나오다 말았다. 대신 아내를 끌어안고는 그대로 안방으로 가 침대에 눕혔다. 거칠게 아내의 옷을 벗겼다. 갑작스런 나의 행동에 아내가 왜 이래? 하며 몸을 움츠렸지만 그럴수록 나는 더 파고들었다. 아내의 몸은 차고 딱딱했다. 아내의 내밀한 속살에 닿고 싶은 처절한 심정에도 불구하고, 아내의 문은 쉽게 열리지 않았다.

며칠이 지나도 아내에 대한 의심이 풀리지 않았다. 문득, 아내의 글에 댓글을 단 여고 동창 시나몬이 기억났다. 어쩌면 그 친구를 통해 아내에 대한 이야기를 들을 수 있을지 모를 것이다. 블로그를 접속해 댓글을 찾았다. 댓글에 대한 작가의 답변은 보이지 않았다. 아이디를 클릭하니 쪽지창이 떴다. 나는 꼭 한번 만나서 정미아에 대한 얘기를 나누고 싶다는 내용과 연락처를 찍어 보냈다.

시나몬은 의외로 성격이 시원시원했다. 쪽지를 보낸 그날에 답장이 왔다. 사는 집이 내 사무실에서 그리 멀지 않다고 했다. 주말에 약속 장소인 카페로 갔다. 바람맞을지도 모르겠다는 심정이었다. 레몬시폰색 원피스를 입은 아내 또래의 여자가 혼자 앉아 있는 모습이 보이자 시나몬임을 직감했다. 짧은 단발머리에 수더분한 인상이었다. 나는 그녀 맞은편에 앉았다.

"쪽지 보냈던 남궁현이라고 합니다. 정미아의 남편이구요."

"강지수라고 해요."

"아내는 친구가 별로 없어요. 아내의 블로그에서 친구라는 댓글을 보고 얼마나 반가웠던지. 혹시 아내에 관한 얘기를 좀 들을 수 있겠어요?"

"미아와 한때 친하긴 했지만 그것도 일 학년 때였구요. 이 학년 때 부모를 갑자기 잃었잖아요. 그 후 미아는 아무하고도 가까이 지내지 않았어요. 가끔 마주쳐도 아는 체를 하지 않았어요."

"외톨이로 보냈군요. 미아 씨 학교 다닐 때 뭐 다른 일은 없었나요?"

"내 기억으로는 좀 조용했던 것 같네요. 결혼 소식 듣기 전까지는. 결혼할 때는 이것저것 알아보고 하지 않나요?"

"좀 급하게 했어요. 교통사고로 부모님을 잃은 후 친척도 많지 않아 하객이 얼마 없을 거라는 얘기를 하더군요."

"미아 부모가 교통사고를 당했다구요?

"아닙니까?"

"아닌데…… 그 사건은 유명해서 신문에도……."

지수는 의아한 표정을 지으며 말끝을 얼버무렸다.

"예?"

"……미아가 비밀로 하는 걸 내가 불쑥 얘기하는 건 좀 그렇구요. 꼭 알아야 하나요?"

"집사람과의 문제로 좀 골치 아픈 일이 있어서요. 진실을 알면 내가 아내를 잘 이해를 할 수도 있을 것 같은데……."

"정 그렇다면…… 절대 미아에게 아는 체 안 한다고 약속해 줄 수 있나요?"

"그럼요. 지수 씨에게 절대 누를 끼치지 않도록 할 겁니다. 이거야 원, 더 궁금해지는데요."

"미아 엄마가 아주 미인이었는데 동네 남자와 바람이 났어요. 그 때문에 흥분한 미아 아버지가 엄마를 그만……. 시골 읍내라 소문이 금방 났었거든요."

"그래서요?"

"엄마는 돌아가시고, 아버지는 자살했어요. 이 학년 때였죠."

갑자기 심장이 펌프질을 하는 것처럼 쿵쿵거렸다. 나는 눈을 질끈 감았다가 떴다.

"괜찮으세요?"

"뭐 시간이 흐르면…… 덕분에 아내를 좀 더 이해할 수 있게 되었네요. 다음에 제가 차 한 잔 대접하겠습니다."

"별 말씀을요. 두 사람 사이가 더욱 좋아졌으면 싶네요."

"당연히 그렇게 되어야지요."

강지수와 헤어지고 집에 돌아가면서, 문득 아내의 옛집을 다시 찾고 싶은 생각이 들었다. 장인, 장모에 얽힌 사연을 듣고 나자 아내가 옛집을 잘 찾지 않는 이유를 알 것 같았다. 아내의 시놉시스는 아마도 실제와 상관없는 이야기일지도 모른다는 생각이 들었다. 아내의 옛집을 허물고 새집을 지어주고 싶었다.

아내를 처음 소개받고 세 번 정도의 만남 후 청혼을 결심했다. 투박하고 시골스러워 보이는 나에 비해 아내는 늘씬한 몸매에 화려한 미모를 가지고 있었다. 시골 농부의 다섯 남매 중 네 번째 아들로 태어난 나는 대학 건축학과에 진학하였고, 설계사무소에 취업이 되어 본격적인 도시 중산층 계열에 합류했다. 지인들의 소개로 여러 여자들을 만났지만 거리에서 쉽게 볼 수 있는 평범한 여자들이었다. 나에게 필요한 것은 나의 촌스러움을 단번에 벗겨줄 액세서리 같은 여자였다.

아내를 처음 봤을 때 이 여자야말로 내가 찾던 여자라는 걸 알았다. 아내의 직업은 웨딩 플래너였고 부모님이 교통사고로 일찍 세상을 떠났다고 했다. 형제는 오빠 한 사람뿐인데 그 오빠는 선원이 되어 떠돌기 때문에 몇 년에 한 번 보기도 힘들다고 했다. 나는 아내를 삼 개월간 쫓아다녔다. 좀 더 시간을 가진 후에요, 하며 내 프로포즈에 미적거리던 아내는 내가 사놓은 아파트를 보고서야 받아들였다. 아내는 인테리어 업자를 불러 아파트 내부를 리모델링했다.

결혼식은 극도로 단출하게 치렀다. 결혼이란 그저 남들에게 공지하는 형식에 지나지 않는다는 걸 아내는 강조했다. 아내가 일하는 웨딩홀을 빌려 백여 명의 친인척과 친구들만 초대하여 한 시간 만에 끝냈다. 아내 쪽의 하객이 몇 명이 왔는지도 알지 못했다. 아내는 아이를 원하지 않았다. 요즘 아이는 필수가 아니라 선택의 문제잖아. 나는 내 욕망에 좀 더 충실하고 싶거든. 내 이름으로 된 웨딩숍도 갖고 싶고. 아내는 자신의 생각이 새로운 트렌드인 양 자랑삼아 얘기했다.

외근을 나왔다가 아내의 옛집을 찾아갔다. 도시를 벗어나 한 시간쯤 떨어진 거리에 있는 시골이었다. 삼십 호 남짓한 집들이 모여 있었다. 깨끗하게 비질이 지나간 도로, 푸른 기와 아니면 붉은 칠을 한 슬레이트 지붕들. 나뭇결이 느껴지는 마루, 감나무가 있는 뜰, 햇빛에 반들거리는 장독대, 하얀 창호, 돌담 등이 안온하게 보였다. 마을을 지나 비포장 길이 나왔다. 천천히 차를 몰며 집들을 스쳐 갔다. 드문드문 집들이 보이다가 갑자기 아무것도 보이지 않는 언덕길이 나왔다. 잡초가 우거지고 경사진 길을 더듬듯 운전했다. 집 주변에 차를 세웠다. 기와라고 했지만 지붕에도 퍼런 잡초가 우거졌고 누가 봐도 폐가였다. 방이 세 개쯤 보였고 마루와 부엌이 있었다. 귀퉁이가 떨어져나가 어긋버긋한 지붕 아래로 다 허물어져가는 제비둥지도 보였다.

폭이 열 뼘도 채 되지 않을 대청에 올라 亞자 문양의 안방문을 열어젖히자 큼큼한 냄새가 훅 끼쳤다. 마루 한쪽에는 거미줄이 걸려 있고 서너 마리의 벌레들이 거미줄에 갇혀 있었다. 마루 벽에는 흑백사진이 들어 있는 전형적인 옛날식 유리 액자가 걸려 있었다. 갓 쓴 노인, 양복을 입은 중년 남자. 그리고 예닐곱 된 가족 전원이 찍은 사진, 가족 각자의 독사진 등이 누렇게 변한 채 꽂혀 있었다. 교복을 입은 채 꽃다발을 들고 있는 여학생의 사진도 있었다. 옛집을 둘러보는 동안 내 마음은 이상하게 안온해졌다. 옛집의 음산하고 황량한 기운이 내 안에 있는 정서와 맞닿아 있는 걸까.

3

다음 날, 이렌은 남편을 더 이상 사랑하지 않는다며 호텔에서 기다린다는 메시지를 세윱에게 보냈다. 이렌은 속살이 훤히 비치는 흑장미색 슈미즈만을 입은 채 호텔에서 그를 기다렸다. 새윱은 와인을 사 들고 그녀가 기다리는 호텔로 왔다. 두 사람은 농염한 눈빛을 교환하며 와인을 마셨다. 그들은 자정 무렵에 호텔을 나와 각자의 집으로 돌아갔다. 이렌은 새윱과 매주 한 번 은밀한 만남을 이어가며 적절히 긴장감 있는 관계를 유지했다. 남편에게도 변함없는 애정의 눈길을 보내며 완벽한 아내의 역할을 연기했다. 남편은 이렌에게 갈수록 물이 오르고 농염해진다고 칭찬했고, 이렌은 당신이야말로 요즘같이 자신을 만족시키는 때가 없었다며 추켜세웠다. 남편이 코를 골며 잠들고 나면 이렌은 새윰과 카톡으로 채팅을 했다. 집과 레스토랑의 음식은 각각 특유의 맛이 있었고 균형을 이룬 식사는 이렌을 훨씬 감각적으로 돋보이게 만들었다. 그녀는 폴리아모리를 즐기는 자신이 대견스러웠다. 그러나 갈수록 레스토랑에 더 오래 머물고 싶은 욕망이 회오리바람처럼 자신을 감싸며 흔들어대는 걸 느껴야 했다.

강지수를 만나고 아내의 옛집까지 다녀온 이후, 아내의 블로그 글은 창작일 뿐이라고 치부했지만, 시간이 날 때마다 블로그 창을 열었다. 아내의 글은 올라와 있었고 묘하게도 그 글은 내 신경을 자극했다. 이렌이 웨딩 플래너였고 아이가 없는 유부녀라는 캐릭터가 자꾸 뒷덜미를 잡아챘다. 어쩌면 나를 감쪽같이 속이고 있는 것인지도 모르겠다는 생각에서 놓여나지 못했다. 의구심이 생기면서 아내에 대한 집착이 더 거세어지는 걸 느꼈다. 다른 일을 하다가도 멍하니 아내의 시놉시스 생각이 나기가 일쑤였다.

밤 열두 시쯤 아내가 현관문을 열고 들어왔다. 아내의 눈은 초점이 흐려 보였고, 몸은 중심을 잃고 허청대었다. 가슴이 깊이 파인 원피스의 아랫단이 살짝 위로 접혀 있었다. 손에는 선물로 보이는 포장된 물건이 들려 있었다. 아내는 포장된 물건을 거실 한쪽에 내려놓고는 소파에 앉았다. 취기가 훅 느껴졌다.

"대체, 누구와 술을 마신 거야?"

"예비 신랑, 신부랑 술 한잔 했어. 그게 뭐 잘못된 거라도 있어? 있냐고?"

아내가 말하고는 입술을 비틀며 기묘한 소리로 웃었다. 나는 대답 대신 길게 한숨만 내쉬다 말했다.

"당신, 이렇게 밤늦게 일하는 것 원치 않아. 그만 일하고 아이라도 갖는 게 어때?"

"뭐 아이를 키운다고 문제가 해결되는 것도 아니잖아…… 아이가 사막 같은 내 영혼의 옹달샘이라도 되어준다면 다섯 명 아니 열 명이라도 낳겠어."

아내는 혀가 꼬부라진 소리로 말하고는 그대로 나에게 기대어 쓰러졌다. 잠시 후 아내에게서 코 고는 소리가 들렸다. 나는 아내를 보며 고개를 흔들었다. 내 심증은 더욱 굳어졌다. 통신사를 통해 아내의 폰 사용 내역을 알아내고 싶었다. 그러나 아내는 고객들과의 통화였다고 둘러댈 게 뻔했다. 좀 더 지켜보는 수밖에 없었다.

아내가 약속이 있어 늦겠다는 문자를 보낸 날이었다. 아내의 뒤를 밟고 싶은 생각에 아내가 퇴근하는 시간에 맞추어 웨딩숍 근처에서 기다렸다. 서랍 깊숙이 들어 있던 오래된 선글라스와 상가에서 미리 사둔 가발을 착용한 차림이었다. 일곱 시가 지나자 연자주색 원피스를 입은 아내가 웨딩숍에서 걸어 나오더니 택시를 탔다. 나도 곧바로 다른 택시를 타고 뒤따라갔다. 아내는 엔젤호텔 앞에서 내려 들어가더니 커피숍으로 갔다. 아내는 어떤 남자가 앉아 있는 쪽으로 가 맞은편 의자에 앉았다. 나는 반대편 구석 자리를 잡고 앉아 울컥거리는 목을 아메리카노 커피로 진정시켰다. 아내와 나 사이에는 키 큰 활엽수가 놓여 있었지만 아내의 얼굴은 잘 보였다. 내가 왼쪽으로 몸을 기울면 아내의 얼굴이 잘 보였고 반대로 오른쪽으로 기울면 활엽수에 가려져 보이지 않았다. 이십 분 쯤 흘렀을까, 어디서 낯익은 목소리가 들려 돌아보니 연자주색 원피스가 지나가는 게 보였다. 나는 고개를 들어 아내 모습을 이리저리 살펴보았다. 아내는 평소의 모습과 어딘가 달라 보였다. 약간 길쭉한 얼굴에 붉은 입술은 도톰해 보였고 굵은 웨이브 머리가 어깨 위로 흘러내렸다. 원피스 안에서 흘러내리듯 꿈틀거리는 몸의 곡선이 눈길을 끌었다. 엉덩이를 오므리듯 안으로 뒤틀다가 살짝 바깥으로 풀릴 때 허리가 유연하게 함께 움직이는 동작은 우아한 느낌을 주었다. 청색 콤비를 입은 남자가 카운터에서 계산을 하는 동안 아내는 등만 이쪽으로 향한 채 비스듬히 서 있었다. 남자가 계산을 마치자 아내는 남자의 팔을 끼고 우아한 걸음걸이로 커피숍 밖으로 나갔다. 아내를 만나는 남자를 보니 스스로에 대한 초라함이 더 심하게 느껴졌다. 언젠가 투박한 외모의 나를 저버리고 세련된 외모의 저 남자를 선택할지도 모른다는 불안감이 나를 휘감았다.

아내는 집에서 보던 아내가 아니었다. 가정부인의 정숙미보다는 육감적 관능미가 팔색조처럼 파닥거리고 있었다. 그녀가 유능한 웨딩 플래너로 평소에도 세련된 패션 감각을 가지고 있었던 건 사실이다. 마음 어딘가에서 아내에게 비끄러맨 끈이 투두둑 떨어지는 소리가 들리는 듯도 했다. 어쩌면 아내의 블로그 소설도 사실일지도 모른다는 생각이 들었다.

나는 망연자실 의자에 그대로 앉아 아메리카노 커피를 한 잔 더 시켰다. 언젠가 아내의 외도가 사실로 드러나면 어떻게 복수할 것인가, 하는 생각이 날 내리눌렀다. 내가 받은 무시와 굴욕을 그대로 되돌려주고 싶었다.

4

밤중에 몰래 메시지를 보내는 것을 남편에게 들키는 바람에 외도가 들통난 이렌은 남편과 심하게 다투었다. 남편은 그녀를 사랑하지 않는다 해도 절대 정부에게 양보할 수는 없다며 화난 표정으로 말했다. 이렌은 남편이 이혼을 결심할 때까지 떨어져 살려고 짐을 싸서 집을 나왔다. 남편이 심부름 업체를 통해 두 사람의 밀회장소를 미행하여 새윰을 붙잡았다. 남편과 새윰의 몸싸움이 벌어졌고, 이렌은 그 자리에서 남편에게 당장 헤어져달라고 했다. 질투와 분노에 눈이 먼 남편이 새윰의 목을 조르려는 찰나에 이렌이 구두로 남편을 가격하여 넘어뜨렸고, 두 사람은 함께 달아났다.

며칠 후 아내의 블로그에 접속하니 글이 올라와 있었다. 이렌의 외도로 인해 남편과의 갈등이 극도에 달하고 있었다. 나는 혼란스러웠고 미궁에 빠져드는 느낌이었다. 문득 아내의 블로그에 댓글을 달면, 아내가 진실을 알려줄지도 모른다는 생각이 번개처럼 스쳐 갔다. 나는 스펀지라는 아이디로 댓글을 썼다.

스펀지 : 이렌이 남편의 방해로 정부를 만나지 못하게 될까 봐 안타깝군요. 이왕이면 어떤 역경도 이겨내고 정부와의 사랑이 꽃을 피웠으면 합니다. 남편을 제거하는 방법도 있으니까요. 이야기는 자극적일수록 감칠맛이 나는 법 아닐까요.

아내의 댓글이 올라온 것은 이틀 후였다.

미아 : 저의 글을 읽었군요. 저도 남편을 죽이는 쪽으로 결말을

고려하고 있습니다. 소설의 상큼한 완성도를 위해서는 그게 제일 무난하겠지요. 아직 결정한 사항은 아니라 뭐라고 얘기할 수는 없지만.

아내도 남편을 살해하려는 구상을 했다니, 어이가 없었다. 비록 독자가 그런 댓글을 달더라도 작가는 외도를 한 아내를 파멸 쪽으로 유도할 줄 알았다. 대체 아내를 믿을 수가 없었다.

5

이렌은 회심의 미소를 지으며 새윰과의 밀회를 즐겼고 집으로 돌아가지 않았다. 밀회는 철저히 비밀스럽게 이루어져 하루에도 두세 번 장소를 변경했다. 질투심이 달아오른 남편은 살인이라도 불사한다는 메시지를 쉴 새 없이 보냈다. 남편의 복수가 두려운 이렌은 새윰에게 멀리 외국으로 달아나자고 제의했다. 답변을 미루던 새윰이 그다음 날 변사체로 발견되고 이렌의 행적은 묘연해졌다.

이야기는 남편이나 아내가 아닌 정부의 죽음 쪽으로 몰고 가는 형국이었다. 나는 고개를 갸우뚱거렸다. 작가가 이렌의 정부를 죽여버리다니. 그렇다면 이렌은 결국 남편을 선택할 것으로 보였다. 나는 슬몃 미소를 지으며 아내의 선택에 찬사를 보냈다. 아내는 절대 나를 떠나 살 수 없을 것이었다.

다음 날이었다. 아내가 일찍 귀가하여 모처럼 집에서 함께 식사를 하게 되었다. 식탁 위에는 아내가 만든 해물탕과 야채 샐러드가 놓여 있었다.

"여보, 당신 예전에 글을 쓰고 싶다고 하지 않았어?"

밥을 거의 다 먹어갈 무렵, 아내를 쳐다보며 물었다.

"갑자기 그건 왜? 요즘 일이 너무 바빠 제대로 쓸 시간이 없네."

"그게 당신 꿈이라면 포기하는 게 안타까워서."

"본격적으로 쓰지는 못하지만 숍에서 한가할 때 시놉시스를 조금씩 써나가고는 있어. 아직 한편 완성된 것은 없지만."

"어떤 내용인지 궁금하네."

"그게…… 아직 완성되지 않아서…… 말하기가 좀 그래. 완성되면 보여줄게. 당신은…… 소설에 별 관심 없잖아. 그래서…… 얘기 안 했어."

아내는 갑자기 곤혹스런 표정으로 말을 더듬었다. 이마에는 식은땀까지 맺혀 있었다. 커피잔과 과일 쟁반을 주섬주섬 챙기는 아내의 손에 경련이 일었다. 대체 아내는 누구일까. 십 년 가까이 살면서도 나는 아내를 이토록 모르고 있는 걸까.

아내는 주방을 정리하고 욕실로 들어갔다. 나는 소파에 앉아 있었다. 욕실을 나온 아내는 "안 자?"라고 말하며 나를 물끄러미 바라보았다. 아내의 얼굴에는 어느새 엷은 미소가 비치고 있었다. 마치 승자가 되기라도 한 듯한 묘한 표정이 눈에 거슬렸다. 좀 생각할 게 있어서. 먼저 자, 하고 나는 차갑게 대꾸했다. 아내는 그래, 하고는 휙 들어가 버렸다. 안방에서 이불을 뒤척거리는 소리가 들리더니 잠시 후 엷은 숨소리가 흘러나왔다.

나는 안방으로 들어가 침대에 누워 있는 아내를 내려다보았다. 평화롭던 얼굴은 곧 정욕과 배신의 화신 같은 음흉한 표정으로 삽시간에 변해갔다. 갑자기 아내가 몸을 돌아누우며 웃음소리를 까르르, 내고 있었다. 꿈에서도 정부를 만나는 걸까? 순간 나는 아내의 목을 향해 두 손을 가까이 가져갔다가 얼른 치웠다. 거실로 나가 새벽이 올 때까지 소파에 앉아 TV를 보며 시간을 끌었다. 잠이 쉽게 오지 않았다.

아내의 마지막 시놉시스가 올라온 것은 열흘 뒤였다. 〈마지막 회〉라는 글자를 보자마자 나는 잽싸게 읽어 내려갔다. 이야기를 더 진전시키지 않고 소설을 급하게 마무리해버린 느낌이었다.

6 (마지막 회)

새윰은 이혼 문제로 아내와 다투다 홧김에 추락사한 것으로 경찰은 밝혔다. 이렌의 남편은 회심의 미소를 짓고, 돌아오면 모든 걸

용서하겠다는 문자를 이렌에게 보냈다. 이렌은 폰 번호를 바꿔버리고 어디론가 떠나버렸다. 또 다른 레스토랑을 찾아서.

어이없는 반전이었다. 오랜 시간을 두고 고심해서인지 마지막 부분의 문장 하나하나에서 살의가 배어나왔고 마치 내가 그 살의에 찔린 듯 참담한 심정이었다. 믿었던 아내에게서 또 다시 배신을 당한 느낌이었다. 아내의 진의가 궁금해서 나는 곧 댓글을 달았다.

스펀지 : 혹시 이 이야기는 작가의 체험과 관련이 있나요? 보통 소설은 실제 일어난 일에 기반을 두고 작가의 상상력이 투영되기도 한다고 들었습니다만.

나는 황급히 모니터를 껐다. 다음 날 밤, 아내의 댓글이 짤막하게 올라와 있었다.

미아 : 그렇죠. 소설은 작가의 체험과 무관하다고는 할 수 없죠. 이 소설 역시 체험에 바탕을 둔 이야기랍니다.

나는 주먹으로 책상을 탁 내리쳤다. 색색의 크레파스로 덧칠한 도화지에 뾰족한 못으로 스크래치 한 듯 가슴이 저릿저

릿했다. 극에 달한 분노는 쉽게 진정되지 않았다. 붉게 달아오른 얼굴을 두 손으로 감싸 쥔 채 으윽, 하는 낮은 비명을 연신 입에서 뱉어냈다. 그 순간이었다. 머리에서 불꽃이 튀는 것 같더니 광채를 발하듯 아내의 옛집이 떠올랐다. 머릿속을 정리하기 위해 집을 나가 근처의 주점에 들어갔다. 아내에 대한 회한으로 밤새 소주를 들이켰다. 새벽 무렵 자리를 뜰 때 내 머리에는 아내의 생일날에 벌일 이벤트가 펼쳐졌다. 소설 속 이렌은 살아남을 수 있었지만, 실제의 이렌은 결코 그러지 못하다는 것을 보여주고 싶었다. 자신의 불륜에 대한 대가가 어떤 것인지를 뼛속 깊이 느끼게 해줄 것이라고 다짐했다.

아내의 생일날, 저녁이었다. 아내가 레스토랑에 사뿐히 들어섰다. 아내가 입은 연자주색 원피스는 현란한 조명을 받아 비늘처럼 반짝거렸다. 테이블 가까이 온 아내는 미소를 머금으며 물결같이 찰랑거리는 머리를 한 손으로 쓸어내려 한쪽 어깨로 내려뜨렸다. 아내가 자리에 앉았다.

“나 같은 남편 만나서 고생 많지? 당신은 나에게 과분할 정도로 좋은 아내야. 서른일곱 번째 생일을 축하해. 여기 내 진심이 담긴 선물이야.”

손바닥 크기의 종이가방에서 군청색 비로드 재질의 보석상자를 꺼내 아내에게 건넸다. 가늘고 섬세한 은제 사슬에 작은 다이아가 박힌 목걸이가 나왔다. 그녀의 검은 동공이 열리며 무표정한 얼굴에 살얼음이 깨지듯 미소가 싸하게 번졌다. 그 목걸이는 이미테이션이었다. 아내는 손으로 후루루 목걸이를 훑어내리는 동작을 반복했다. 내가 걸어줄게, 하고는 아내의 뒤에서 목걸이를 채워주었다. 아주 잘 어울려. 역시 주인은 따로 있군. 아내가 감격스런 미소를 지었다.

스시가 들어왔다. 바닷가재 구이, 차이브소스의 달팽이 구이들이 차례대로 나올 것이다. 이 레스토랑에서는 최고급이라는 와인을 웨이터가 가져와서 상표를 확인시켜준 다음, 와인오프너로 따서 아내와 내 잔에 따라주었다. 아내는 눈을 감고 와인의 맛을 천천히 음미했다.

"당신, 지난번에 쓰고 있다던 소설은 완성했어?"

내 물음에 아내의 눈이 일순 커졌다.

"아, 그거? 이제 막 시놉시스를 끝낸 상태여서 소설을 다 쓰게 되면 보여줄 거야. 조금만 기다려줘. 나도 멋진 작품을 만들어 당신에게 선물할게."

아내는 레드와인으로 축배를 하고 입술을 적셨다. 달팽이 요리를 먹는 아내의 입이 요염하게 사르륵거렸다. 와인 한 병이 거의 비워져갔다. 당신도 마셔, 하며 아내는 잔을 부딪쳤다. 나중에 객실에 가서 마시지 뭐. 여기서 둘 다 취하면 곤란하잖아, 라고 나는 말했다. 그래, 오늘 가장 멋진 생일 만들고 싫어, 하는 아내의 말에 나는 고개를 끄덕였다.

당신 참 멋진 남자야, 하며 혀 꼬부라진 소리를 하고는 하품을 하더니 아내는 화장실을 다녀오겠다며 일어났다. 나는 아내의 와인에 수면제를 넣었다. 아내가 돌아와 자리에 앉자 아내의 와인 잔에 내 잔을 슬쩍 부딪치며 마셨다. 아내도 잔을 입에 가져갔다. 조금 있으니 아내가 테이블 위에 엎드렸다. 나는 아내를 살짝 일으켜 껴안다시피 하여 레스토랑을 나왔다. 웨이터가 엘리베이터 문을 열어주었다. 아내는 차량 조수석에 앉자마자 곯아떨어졌다. 조수석을 백팔십 도로 눕혀 편하게 잘 수 있도록 했다. 아내의 가방에 있는 휴대폰을 꺼내 전원을 끄고 뒷좌석에 던졌다. 차가 시내를 빠져 나가면서 속력을 내기 시작했다.

차량 트렁크에서 공구박스와 각목이 든 상자를 꺼내 들고 들어갔다. 자물쇠로 방문을 채우고 긴 각목 두 개를 단단하게 박았다. 방에 창문은 없었다. 모든 일이 순조롭게 마무리되었다. 나는 밖으로 나와 바로 차를 몰았다. 아주 천천히 브레이크를 밟으며 언덕을 내려왔다. 차도에 오르자 비로소 눈물이 나기 시작했다.

아내는 오랜 시간 집 속의 버려진 물건들처럼 서서히 썩어갈 것이다. 십 년 뒤나 이십 년 뒤에 집이 삭아서 쓰러질 때 아내도 같이 땅으로 돌아갈 것이다. 차도 저 멀리에 화려한 불빛이 거대한 덩어리가 되어 불쑥 나타났다.

일주일 후였다. 어쩌면 아내는 이미 숨을 거두었을지도 모른다. 컴퓨터 작업을 하다 습관적으로 아내의 블로그를 접속했다. 추모 글이라도 한 줄 달고 싶어졌다. 참담한 심정으로 아내의 블로그를 들여다보았다. 뜻밖에 아내가 생일 전날에 올린 댓글이 보였다.

미아 : 이 이야기가 작가의 체험과 무관한 것은 아니라고 했죠. 궁금증을 해소하기 위해 밝혀둡니다. 이것은 제 부모님의 이야기를 토대로 지어낸 이야기랍니다.

그 댓글은 뾰족한 송곳이 되어 내 심장을 마구 찔러댔다. 나는 황급히 일어나 차를 몰고 아내의 옛집으로 향했다.

마블쿠키

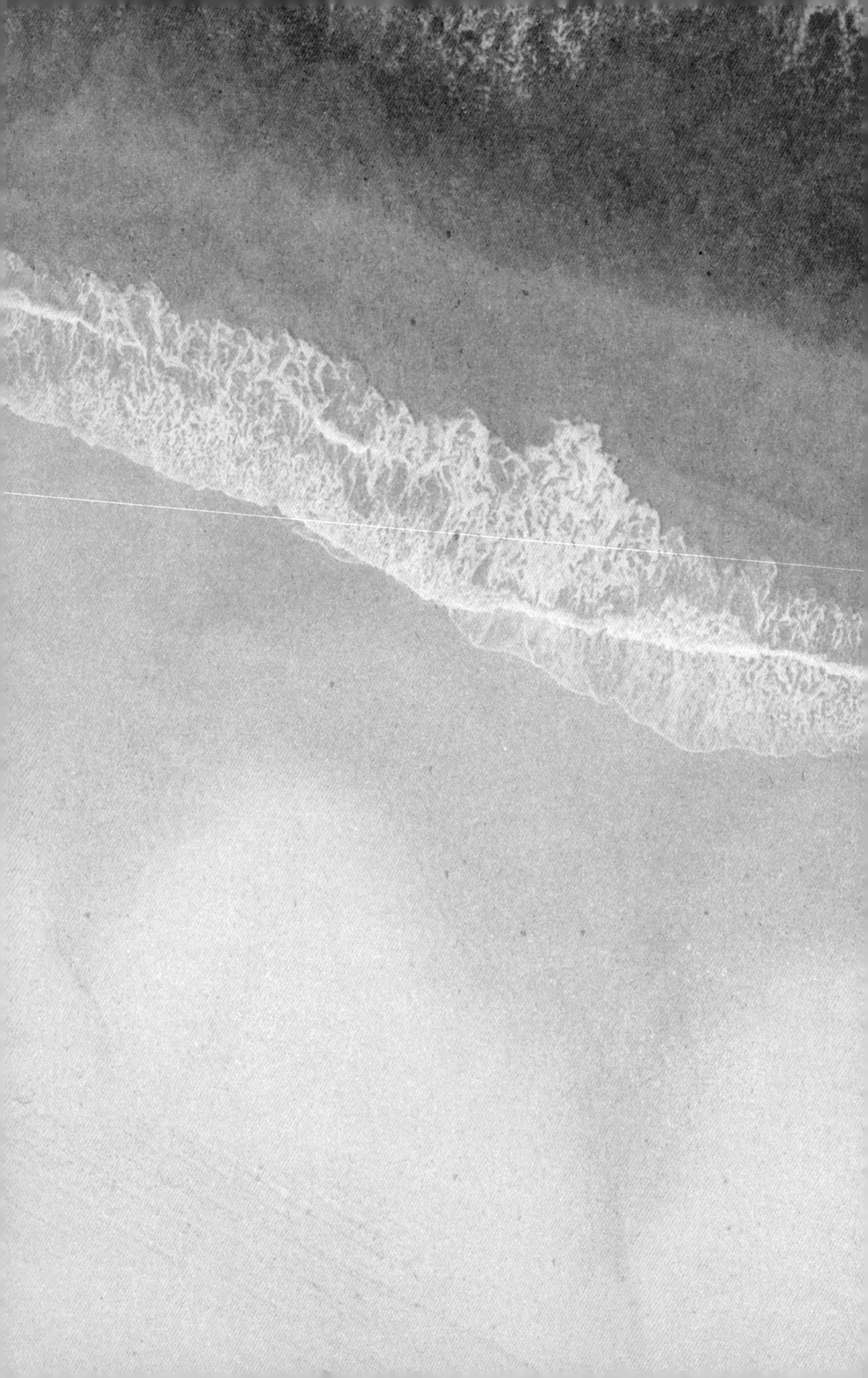

여자는 미간을 찌푸렸다. 식판의 비릿한 냄새 때문이었다. 밥을 몇 순갈 덜어 미역국에 말아 한술 먹었다. 혓바늘이 뻗친 듯 껄끄러운 느낌이었다. 밥을 삼키자 백열등 필라멘트가 끊어지듯 머리가 찌르르했다. 환자들은 입이 미어터져라 밥을 먹으며 즐거운 표정을 지었다. 그들의 입속으로 쉴 새 없이 들락거리는 음식을 보니 구토가 일어날 것 같았다. 여자는 숟가락을 탁 놓고 병실로 갔다.

여자는 병실 침대에 비스듬히 걸터앉아 텔레비전 리모컨을 손에 들었다. 전원을 켜고 채널을 이리저리 바꾸다 어린이 채널에 시선을 고정했다. 초등학생으로 보이는 아이들이 율동을 하며 노래를 불렀다. '나뭇가지에 실처럼 날아든 솜사탕 엄마 손 잡고 나들이 갈 때 먹어본 솜사탕'. 노래를 부르는 아이들 속에 다혜와 닮은 아이가 보였다. 여자는 눈을 치켜뜨고 텔레비전 가까이 다가갔다. 자세히 보니 다른 아이였다. 그 아이의 눈 위로 굵은 쌍꺼풀이 보였는데. 다혜의 눈은 외꺼풀이었다. 그때 '설운서 님' 하는 소리가 들렸다. 최 간호사였다.

"설운서 님, 약 드세요. 밥을 잘 못 먹었죠. 이렇게 해서 언제 나을까? 물 충분히 먹고 삼켜요."

여자는 알약 두 개를 삼키고는 입을 딱 벌리고 양 손바닥을 펼쳐 보였다. 간호사는 고개를 끄덕이며 활짝 웃었다. 간호사의 웃음이 늦은 봄날 화르르 떨어지는 벚꽃 꽃잎 같았다. 간호사가 병실을 나갔다. 여자는 입원했을 때부터 트레스탄을 먹었지만 입맛은 살아나지 않았다. 식욕이 돌아오는 것도 아이가 돌아오는 것만큼이나 힘든 모양이었다. 아이가 어디서 뭘 먹고 사는지도 모르는데, 마음 놓고 밥을 먹을 수는 없는 노릇이었다.

아이는 오돌토돌한 호밀쿠키나 까끌까끌한 땅콩버터쿠키보다 매끈한 마블쿠키를 잘 먹었다. 담백한 맛에다 파도무늬까지 살짝 들어간 마블쿠키가 맛있다며 작은 입술을 뾰족 내밀어 쿠키를 야금야금 씹었다. 여자는 아이를 위해 자주 마블쿠키를 구웠다. 아이가 사라지고 난 이후에도 오후 세 시 무렵이면 어김없이 마블쿠키를 구웠다. 어디선가 아이가 쿠키냄새를 맡고 찾아올지 모를 것 같아서였다. 고소한 쿠키냄새가 햇살처럼 집안에 포슬포슬 배어들면 아이가 옆에 앉아 먹기라도 하듯 여자는 눈을 가늘게 뜨고 쿠키를 입안으로 가져갔다. 여자는 시간 가는 줄 모르고 쿠키를 구웠다. 아이가 즐겨 부르는 솜사탕 노래를 흥얼거리며 쿠키를 굽고 있으면 금방이라도 아이가 품으로 포르르 안겨들 것만 같았다. 아이의 토실한 볼살과 사륵거리는 하얀 솜털이 닿기라도 할 것처럼 허공에 입을 뾰족 내밀었다. 그러다, 꿈을 꾼 듯 몽롱한 눈을 손으로 비비며 고개를 세차게 흔들었다.

여자는 매일 아이를 기다렸다. 저녁 해가 주방 쪽으로 길게 드리워지면 여자는 베란다로 나갔다. 베란다 난간에 몸을 기대고 고개를 내밀어 아파트 마당을 내려다보았다. 노란색 유치원 차량에서 내린 아이들이 엄마의 손을 잡고 사뿐거리며 출입구 안으로 들어갔다. 여자는 손을 흔들며 "다혜야, 한다혜"라고 이름을 불렀지만 여자를 향해 고개를 들어 보는 사람은 없었다. 잠시 후 노란 차량은 떠나버렸고 아파트 마당은 텅 비어버렸다. 허전함이 뼛속 깊이 스며들었다.

허전함이 스며든 것은 사실 신혼 때부터였다. 결혼생활은 생각하던 것과 딴판이었다. 직장을 퇴사하고 육아에 전념하는 자신은 세상이라는 육지와 떨어진 섬이었다. 남편은 연애할 때의 남자가 아니었다. 집안일에는 손도 까딱하지 않았고 회사업무 핑계로 늘 밤늦게 귀가했다. 주말에는 출장이 있다며 외박을 하기도 했다. 아이가 낮잠을 자고 있을 때 여자는 아무 일도 않고 멍하게 베란다 창을 바라볼 때가 많았다. 가슴에는 불덩이와 얼음덩이가 함께 들어앉아 있는 듯 수시로 열이 올랐다 내렸다 했다. 아이가 깨어 울음을 터뜨렸을 때도 여자는 소파에 드러누워 잠을 잤다. 여자는 남편에게 좀 더 일찍 귀가해서 아이와 놀아달라고 말했다. 남편은 뜨악한 얼굴로 "무슨 소리야, 지금 승진할 수 있는 좋은 기회라서 밤에는 간부들 만나 술자리 해야 한다고. 아이 울음소리는 왜 그리 커?" 하고는 여자와 아이 얼굴을 번갈아 보았다. 여자는 뭐라고 바락바락 대들고 싶었지만 그 어떤 말을 하기 위해 입술을 달싹이는 것도 의미 없는 것처럼 느껴졌다. 남편은 늘 자정을 넘겨 귀가했고, 아이는 악을 쓰며 울어댔다.

아이가 일곱 살 무렵, 유치원 방학이라 집에 있을 때였다. 남편은 돈을 주며, 아이와 함께 가까운 백화점이라도 가서 옷도 사고 외식도 하라고 했다. 남편은 백화점에 갈 때 메시지를 넣어달라고 했다. 여자는 점심을 먹은 다음, 남편에게 S 백화점으로 간다고 메시지를 보냈다. 옷가게를 둘러보는 동안, 아이는 매장 밖 의자에 앉아 마블쿠키를 먹고 있었다. 쇼핑을 마치고 여자가 나왔을 때 아이가 보이지 않았다. 화장실은 물론 백화점 1층부터 9층까지 오르내렸지만 아이는 보이지 않았다. 여자는 흥건히 흘러내리는 땀을 닦지도 못한 채 허겁지겁 안내데스크를 찾았다. '한다혜를 찾습니다. 일곱 살

한다혜 양은 속히 백화점 1층 출입구 쪽으로 와주세요. 혼자 있는 유치원생 한다혜 양을 보신 분은 안내데스크로 연락 바랍니다.' 세 차례의 방송이 퍼져나갔지만 끝내 아이는 나타나지 않았다. 백화점 밖은 시내 중심가여서 사람들과 차들로 넘쳐나고 있었다. 아이가 어디로 사라졌는지 도통 알 수가 없었다. 도로 주변을 한 시간 넘게 돌아다니고 나자 눈이 하얗게 타들어갔다. 그녀는 고개를 절레절레 저으며 바닥에 주저앉았다.

연락을 받은 남편이 도착했고 함께 경찰서로 갔다. 경찰이 아이의 인상착의를 물었지만 여자는 아무 말도 하지 못했다. 대체 당신 뭐하는 여자야? 남편의 가시 돋친 질책이 고막을 흔들었다. 남편은 소리를 지르면서도 침착한 모습이었다. 집으로 가 아이의 옷을 다 뒤져본 뒤에야 아이가 해바라기 꽃무늬 원피스와 검정색 레깅스를 입고 갔다는 것을 알았다. 아이 얼굴도 쉽게 떠오르지 않았다.

여자는 아이 앨범을 들여다보며 미친 듯이 아이 얼굴과 모습을 뚫어져라 쳐다보았다. 눈, 코, 입 하나하나를 놓치지 않고 자신의 눈에 조각하듯 올올이 새겼다. 아이는 마치 사진 속으로 들어가 버린 것 같았다.

약 기운 때문인지 잠이 밀물처럼 밀려왔다. 잠자기 싫어 눈을 부릅뜨고 있어도 소용없었다. 누군가가 잠의 바다로 밀어붙여 풍덩 빠뜨릴 것만 같았다. 몸은 절로 침대 위로 쓰러지고 말았다. 잠의 파도가 쉼 없이 밀려오며 아득히 밀어내었다. 눈이 감겼다. 어디선가 아이 우는 소리가 들렸다. 금방이라도 숨이 넘어갈 듯 자지러지는 울음소리였다. 주변을 살피며 소리가 나는 쪽으로 성큼성큼 걸어갔다. 아이가 길바닥에 널브러져 있었다. 다혜야! 여자는 소리를 지르며 달려갔다. 여자는 자신의 고함소리에 놀라 저절로 눈을 떴다. 꿈이었다.

아이가 사라진 후, 여자는 남편과 같이 전국의 아동보호소를 찾아다녔다. 남편이 바쁠 때는 혼자 다니기도 했다. 아동보호소에는 부모를 찾지 못한 미아와 부모가 일시적으로 맡긴 아이들이 함께 머물고 있었다. 보호소 소장은 여자가 기록한 내용을 보며 말했다. "50년이 지난 미아도 있답니다. 아동보호소에 없는 아이는 유괴되었다고 보면 됩니다." 여자는 그 말에 심장이 쿵 내려앉는 것 같았다.

실종아동전문기관을 찾아가 실종아동 찾기 캠페인에도 참가하고 실종아동 부모들의 모임에도 자주 나갔다. 처음에는 아이들 얘기를 털어놓으며 위로를 받았지만, 시간이 흐를수록 찾지 못하는 아이에 대한 아픔이 돌올하게 새겨질 뿐이었다. 여자는 집에 틀어박혔다.

아이가 사라진 지 일 년이 지났을 무렵이었다. 회사에서 돌아온 남편이 소파에 맥없이 풀썩 주저앉더니 여자를 불렀다. 여자는 거실로 나가 남편의 앞에 앉았다. 자신의 근무지가 K시로 발령 나 당분간 떨어져 살아야 한다는 것이었다. 여자는 눈을 휘둥그레 떴다. 남편은 굳은 표정으로 얼마 전에 들었다는 뉴스를 전해주었다. 경찰이 유괴범을 잡았는데 정신병원 환자였다는 것이다. 병원에서 잠시 외출을 나왔다가 경찰의 포위망에 걸려든 거라고 했다. 여자가 그 말이 믿기지 않는다는 듯 눈을 씀벅거리자 남편이 충분히 그럴 수 있는 일이라고 말했다. 여자는 왜 그동안 정신병원을 찾아가 보지 못했는지 원망스러웠다. 여자는 당장이라도 가까운 정신병원으로 범인을 찾으러 가자고 했고 남편은 손을 내저으며 그렇게 어설피 서둘러서 될 일이 아니라고 했다. 두 사람 중 누군가가 환자로 병원에 입원한 다음 작가나 르포 기자로 위장하여 환자들을 한 사람 한 사람 만나보는 방법이 좋을 것이라고 말했다. 여자는 남편만큼 영리한 사람은 없을 것이라는 생각이 들었다. "역시 당신이야. 그런 기특한 생각을 다 하다니. 너무 멋져."라고 말했다. 여자는 남편의 두 손을 꽉 잡으며 말했다. "병원에 가는 건 내가 할게. 바쁜 당신보다는 내가 가는 게 맞아." 한동안 여자를 지그시 바라보는 남편의 눈에 붉은 실핏줄이 서렸다. "입원하는 건 걱정 마. 병원에 아는 분이 있으니 부탁하면 잘 해결될 거야. 그 병원부터 가는 게 좋겠어. 참 당신 식이장애도 있으니, 그것도 치료하자고. 내가 미리 절차를 밟아두도록 할 테니." 남편은 천천히 말하고는 희미한 미소를 지었다.

여자는 휴게실에 앉아 창밖으로 시선을 던졌다. 창으로 엷은 어둠이 비쳐들었다. 열린 창의 틈새로 지독한 거름 냄새가 훅 끼치자 여자는 얼굴을 찌푸리며 한 손으로 코를 막았다. 환자들이 휴게실을 쉴 사이 없이 들락거렸다. 소파에 앉아 잡담하거나 잡지, 신문들을 이리저리 뒤적거리는 환자, 무언가 혼자서 중얼거리는 환자, 눈을 지그시 감고 사색에 잠겨 있는 듯한 환자들이 보였다. 병원에 있는 남자 환자들을 세밀히 관찰하고 병원에 들어오게 된 동기를 알아내는 것이 여자의 계획이었다. 이제 그 계획이 하나씩 성취된다는 안도감에 여자는 피식 웃음이 나왔다. 다른 환자들과 어울리지 못하고 음침한 표정으로 앉아 있는 환자가 여자의 표적이었다. 딸을 훔쳐간 놈이라면 다른 사람들에겐 감히 얼굴도 내비치지 못할 거라는 게 여자의 생각이었다. 혼자 앉아 있는 사내만 눈에 띄면 슬그머니 다가가 말을 붙여보고는 했다. 그들은 눈물을 글썽거리며 고마움을 표시하고는 잡은 손을 놓지 않았다. 여자가 억지로 야멸치게 손을 떼며 물러나야 했다. 환자들을 만나 이야기한 결과 용의자는 한준오, 곽영한, 이동규, 세 명이었다. 늘 혼자 있거나 진짜 정신병 환자로 보이지 않다는 게 그 이유였다. 여자는 그 세 사람에 대한 정보를 수첩에 기록해 두었다.

환자 서너 명이 소파 구석에 앉아 잡지책을 뒤적이고 있었다. 블라인드를 투과한 햇살이 바닥에 마름모의 빗살무늬를 그렸다. 밀레의 만종 그림 아래서 다리를 꼰 채 무표정하게 앉아 있는 한준오가 보였다. 여자는 슬몃 웃으며 한준오의 앞자리로 가 앉았다. 주머니 속 사진을 만지작거리며 한준오에게 질문할 말을 머릿속으로 떠올렸다.

"한준오 씨, 저 아시죠? 제이 비 에스 방송국 르포 담당 객원기자, 설운서예요. 몇 가지 취재할 게 있어서요. 괜찮죠?"

한준오는 눈을 슴벅슴벅하더니 고개를 가로저었다.

"미안해요. 잠깐이면 됩니다. 이 병원 들어오기 전에 무슨 일 하셨어요?"

"나 말하기 싫으니까 제발 좀 꺼져줄래?"

"아이 참 왜 그래요? 질문에 답을 해주면 병원에서 나가게 해줄 수도 있어요."

"나는 여기가 좋아. 나가고 싶지도 않다고. 젠장."

한준오가 여자를 뚫어져라 쳐다보다 손으로 여자의 볼을 만졌다. 한참 만지작거리던 한준오의 팔이 힘없이 떨어졌다.

"대체 뭐가 그리 궁금한 거야? 무슨 일 했냐고? 난 산부인과 의사였어. 왜 어쩔래?"

한준오가 고개를 젖히며 키득키득 웃었다. 자신의 말이 곧이들리지 않으리라는 것을 알았던지, 웃음 뒤끝이 허허로웠다.

"의사요? 의사 선생님이 어쩌다 여기 들어왔어요?"

"의사 육 년 만에 의료사고가 나버렸어. 신생아가 태변을 먹고 태어났는데, 곧바로 조치를 하지 않아 그만 죽어버렸어. 대량 양수 흡인 증후군이었지. 덕분에 교도소에서 좀 살다 나왔고. 성질나서 의사를 때려치웠지 젠장."

한준오는 나직하게 말하고는 고개를 획 돌렸다.

"저런. 정말 안된 일이네요. 그래서요?"

여자의 물음에 한준오는 다시 여자를 빤히 쳐다봤다.

"한동안 잘 지냈는데 불면증이 사람을 미치게 하더군. 불면증에 걸린 적 없지? 매일매일 수술하는 꿈을 꾸고 매일매일 신생아가 죽어나가는 꿈만 꾸었다니깐. 수면제를 먹기 시작했어. 점점 양이 늘다 나중에는 한꺼번에 털어 넣었고. 저 세상 문턱에서 우리 형이 날 끌고 나왔지. 형수가 악을 바락바락 쓰는 소리가 지금도 들리는 것 같아. 수면제 복용하다 조금 양이 늘어난 것뿐인데, 그걸 정신병으로 몰아붙여 입원을 시킨 거야. 이건 분명히 아버지 유산을 가로채려는 형수의 음모야. 젠장."

"늘 억울한 마음이 드는 게 당연하겠어요. 엎질러진 물인데 마음 편히 가져요."

여자는 주머니에서 사진을 꺼내어 한준오에게 보여주었다.

"혹시 이 여자애 본 적 있어요?"

사진 속 아이는 해바라기 꽃잎이 그려진 원피스에 노란 모자를 쓰고 서 있었다. 한준오는 사진을 손에 쥐고 눈을 가늘게 치뜬 채 바라보다 고개를 가로저었다. 여자는 그런 한준오의 표정을 놓치지 않으려 눈을 홉떴다.

"본 적 없어. 귀엽고 예쁜데, 그건 왜 물어봐?"

"아는 사람의 아인데, 실종되었대요."

"저런, 안됐군."

여자는 히죽 웃으며 고개를 끄덕였다. 범인의 행적을 알아내기 위해서는 누구하고나 친한 척 억지웃음이라도 보여야 할 터였다. 한준오가 여자를 보며 키득거렸다. 한준오가 웃는 것을 보자 여자는 한결 마음이 편해졌다. 앞으로 이야기를 풀어내기가 수월할 것이기 때문이었다. 더구나 순순히 자신의 이야기를 잘 풀어놓는 것을 보면 정신이 오락가락하는 동안 얼결에 진실을 내비칠 수도 있을 것이었다. 하지만 순순히 자백받기는 쉽지 않을 것 같았다.

"준오 씨, 우리 다음에 또 만나서 얘기 나누기로 해요."

여자는 병실로 돌아와 침대에 걸터앉았다. 밖으로 보이는 숲에서 맑은 기운이 느껴졌다. 가지만 앙상했던 나무들은 어느새 순이 움트고 푸른 잎들이 돋아나 있었다. 벌써 봄이었다. 창문 밖엔 밝은 햇살이 너울거리며 온 세상을 포근히 감싸고 있었다. 갑자기 병실 안이 답답하게 느껴졌다. 빨리 범인을 찾아 병원을 벗어나고 싶은 마음에 몸이 부르르 떨렸다. 그러다가도 아이를 찾을지 모른다는 생각을 하면 가슴이 환해졌다.

지난해 봄에 취학통지서를 받았다. 남촌초등학교 한다혜. 학교명과 아이 이름이 나란히 적힌 용지를 보자 또다시 심장이 팔딱이기 시작했다. 입학식 날, 학교에서 전화가 왔다.

"한다혜 집인가요?"

낮고 차분한 목소리였다. 아이 얘기가 나오자, 말발굽 소리가 한차례 가슴 언저리를 지나가는 듯했다.

"다혜가 입학식에 오질 않아서요."

여자는 아무 말도 못한 채 목만 메어왔다. 여자로부터 몇 번의 물음이 이어졌다.

"우리 아이가…… 없어…… 졌어요."

여자가 겨우 입술을 달싹대어 말했다.

"네? 어쩌다 그런 일이……. 언젠가 다혜는 집으로 꼭 돌아올 거예요. 용기를 가지세요."

여자는 흐느끼는 소리가 새어 나올까 봐 입술을 깨물었다.

“다혜 어머니, 학교로 와서 입학유예를 신청하세요. 입학을 안 하는 게 아니라 어학연수나 건강상의 이유 등으로 입학을 유예하는 거죠.”

그 말을 듣자, 정말 다혜가 어학연수를 떠나 있는 것 같은 생각에 여자는 가슴이 확 뚫리는 것 같았다.

“네. 우리 다혜는요, 내년에는 꼭 입학할 거예요. 내가 아이 손을 잡고 학교 데리고 다닐 거예요.”

여자는 밝은 목소리로 소리쳤다. 그다음 날부터 여자는 아침 등교시간마다 초등학교로 갔다. 책가방을 메고 가는 어린 아이들을 보면 달려가 일일이 얼굴을 확인했다. 가끔 백화점에 가서 아이의 옷을 사 오기도 하고 문방구에 들러 공책과 연필을 사 오기도 했다. 위층에 일 학년 아이가 있다는 것을 알고는, 찾아가 학교준비물이 뭔지 물어보기도 했다.

여자의 이런 모습을 본 남편은 다혜는 그만 잊어버리자고 했다. 여자는 몸을 부르르 떨며 말했다. 나에겐 오직 다혜만 있으면 돼. 그따위 소리는 집어치워. 여자는 속에 쟁여둔 화가 부르르 끓어오르는 것 같아 거실에 있는 집기들을 마구 던졌다. 쿠션이 날아가고 쟁반과 커피잔이 날아가 깨졌다. 몸 밑바닥에 자리 잡고 있던 무언가가 뿌리째 뽑혀나간 듯했다. 문갑 위에 있는 도자기를 들었다. 남편의 고함이 천장을 울렸지만 이미 깨어진 도자기의 파편들이 바닥에 이리저리 흩어진 뒤였다. 차라리 자신의 심장을 갈기갈기 찢고 싶은 여자는 두 손으로 머리칼을 듬쑥 움켜쥐고는 고래고래 악다구니를 썼다. 남편은 고개를 절레절레 흔들며 집을 나가서는 며칠씩 돌아오지 않기도 했다.

어느 날 남편은 다혜의 현재 모습을 예상하여 찍은 사진을 만들어 왔다. 얼굴변환프로그램으로 제작된 것이라고 했다. 사진 속의 다혜는 눈동자가 커지고 볼살이 더 올라 있었다. 다혜가 어디선가 살아 있는 것만 같아 가슴이 마구 뛰었다. 여자는 사진을 확대하여 액자에 넣어 아이 방에 걸었다. 아이 사진 앞에는 일곱 번째 생일이라는 라벨이 붙여진 선물이 놓여졌다. 포장된 상자 안에는 다혜가 갖고 싶어 했던 48색 색연필과 마블쿠키가 들어 있었다. 그것을 보면 다혜와 함께 살고 있는 것 같아 한동안 마음이 좀 가라앉았다. 저녁에 돌아온 남편은 집에서 밥도 하지 않고 뭐하냐고 화를 냈지만 아이가 실종된 상황에서 살림을 잘하길 바라는 남편이 도리어 이해되지 않았다. 아이가 없는 집안은 낯설고 무의미했고, 스스로조차 어디론가 훌쩍 증발해버린 느낌이었다. 남편이 며칠씩 집을 비우는 일이 잦았지만 여자는 아무것도 묻지 않았다. 남편 역시 집에 있는 시간이 견디기 어려울 것이라는 생각 때문이었다. 남편은 집에 올 때마다 여자가 좋아하는 연어와 새우를 사 들고 왔다.

여자는 일어나 탁탁 슬리퍼 소리를 내며 복도로 나왔다. 시간이 지루할 때면 다리를 쉬지 않고 움직여 걸으며 시계추처럼 복도를 왔다 갔다 했다. 그러다 보면 시간이 빨리 지나가는 느낌이었다.

"기자 아줌마, 우리 조용히 한번 만날까?"

곽영한이었다. 근육질 체격에 검은 뿔테 안경 속으로 우묵하고 불그레한 눈을 내리깔고 있었다. 그렇지 않아도 곽영한과 이야기를 해야겠다는 생각이 들던 참이라 여자는 고개를 끄덕였다.

"오후 세 시쯤에 식당에서 만나요."

"조오치. 아줌마 엉덩이는 볼수록 괜찮아 보여. 잘 익은 수박을 옷 속에다 숨겨놓고 다니는 것 같다니까. 여자란 자고로 엉덩이가 잘생겨야 돼."

여자는 툽상스러워 보이는 곽영한을 향해 눈을 흘기면서 노려보았다. 그러자 그는 두 손을 싹싹 비비며 느물느물한 미소를 싹 지우더니 "나중에 봐요, 기자 아줌마." 하고는 뒤돌아 가버렸다. 여자는 병실로 돌아왔다.

잠시 후, 최 간호사가 들어왔다.

"설운서 님, 혈압 좀 체크할게요."

여자는 소매를 걷어 올려 혈압계 압박대에 팔을 올려놓았다. 혈압계 커프가 점점 팔을 조였다.

"110-70 정상이네요. 운서 님 빨리 치료해서 식욕을 찾아야 하니 약을 꼬박꼬박 잘 먹어야 해요."

"걱정 마. 하루에 세 번 잘 먹고 있으니."

"어서 퇴원해야 할 텐데. 딸이 있다고 했나요?"

"우리 딸? 음…… 그러니까…… 에이 참 그런 건 왜 물어봐. 나는 르포작가니까 병원생활을 좀 취재해야 하거든. 당분간 병원에 좀 있어야겠어."

"하하, 그래요?"

"혹시 말이야. 이런 병원에 범죄자들이 숨어 있다는 것 알고 있어?"

"그럴 리가요? 우리 병원엔 그런 사람 없어요. 가족 상담을 하다 보면 범죄자들은 들통이 나기 마련이죠. 안심해도 된답니다."

"과연 그럴까? 두고 봐. 내가 범인을 잡아내고 말 테니."

최 간호사가 뜨악한 얼굴로 여자를 바라보다 피식 웃으며 병실을 나갔다.

오후 세 시가 되어 여자는 식당으로 갔다. 식탁 의자에 앉아 있던 곽영한이 벌떡 일어나더니 의자를 꺼내주었다.

"기자 아줌마, 여기 앉아요. 역시 시간관념이 정확하십니다요."

"직업이 직업인지라…… 그렇게 될 수밖에 없나 봐요. 대화도 하고 싶고요. 호호."

여자가 의자에 앉으며 미소를 지었다.

"대화라…… 조오치. 그래야 사람끼리 친분도 쌓이고 정이 들지요. 술도 참 좋은데. 우리 다음에 병원 나가서 술 한잔 하자고. 캬."

곽영한이 입이 귀에 걸린 듯 킥킥거렸다.

"오늘 얘기가 잘되면요. 솔직하게 말씀해주시면 다음에 자리 만들게요."

"아자! 아자! 기자 아줌마, 요즘 갈수록 볼륨이 살아나는데."

곽영한이 한쪽 눈을 찡긋하며 손을 들어 허공에 라인을 그렸다.

"혹시, 환자들 중에 범죄자가 숨어 있을까요?"

"글쎄, 잘 모르겠는데. 그런 못된 사람 있으면 당장 신고해야지. 한번 알아볼까?"

"그래 주실래요? 그런데 영한 씨는 병원 들어오기 전에 뭐 하고 지냈어요?"

"나? 어쩌다 이런 시궁창 같은 데로 흘러 들어왔나 이 말씀이지? 흠, 난 말이야 치킨 장사를 했어. 호황이었지. 사람들도 많이 사귀고 돈도 꽤 벌었어. 그게 그러니까 이억 넘게 벌었을 거야. 어느 날 친구가 사업 자금을 좀 빌려 달라는 거야. 내가 장사 시작할 때 밑천을 대주었던 친구였거든. 나는 아무 말 않고 이억을 덥석 빌려주었지. 그런데 우라질 그놈이…….”

“돈을 안 갚았군요. 믿는 도끼에 발등 찍힌다는 말이 있잖아요.”

“음…… 그런 말이 있지. 그 말 말고 또 뭐가 있을 텐데…… 아, 호사다마, 바로 그거야. 이래 봬도 나 유식하지. 그놈이 그러고는 뭐더라 흠 흠 잠적, 잠적해버렸다니깐. 나는 점포 문을 닫고 전국을 찾아 헤매었지만 못 찾았어. 매일 그놈 원망하며 술만 퍼마셨지. 그러다 알코올 중독이 돼버렸어. 좆같은 새끼.”

“세상에…… 그렇게 나쁜 사람이 있어요? 나 같으면 지구 끝까지라도 가서 잡을 거예요.”

여자는 표독스러운 표정을 지으며 맞장구를 쳤다.

“혹시 사진 속의 이 아이 본 적 있어요?”

“글쎄, 본 것 같기도 하고 안 본 것 같기도 하고…… 며칠 전 치킨 배달 간 어떤 집에서 본 것도 같은데. 하하.”

“며칠 전에요? 몇 달 전에 여기 들어왔다면서요. 그리고 치킨 집은 벌써 문 닫았잖아요.”

“아, 참 그렇지. 내 머리가 좀 왔다 갔다 해. 그러니 이런 델 들어왔지. 안 그래? 그 집 아이가 너무 예뻐서 말이야. 놀이터에서 놀고 있는 그 애를 데리고 백화점에 다녀온 적은 있어. 저녁에 애를 데려다주었는데 그 집에서 난리가 난 거야. 내가 머리핀도 사주고 운동화도 사주었는데 말이야. 나 원!"

"네? 백화점엘 갔어요? 그 아이 옷은 뭘 입었어요? 해바라기 꽃무늬 원피스하고 검정색 레깅스 안 입었던가요?"

"아하, 해바라기? 그래. 커다란 꽃무늬 옷을 입고 있었어."

여자의 눈이 휘둥그레 커지고 얼굴색이 노랗게 변했다. 아이는 백화점에서 사라졌고, 곽영한은 아이를 데리고 백화점에 다녀왔다. 갑자기 곽영한에 대한 의심이 불길처럼 온몸을 휘감았다. 그러나 곽영한이 기억장애가 있다는 게 문제였다. 병실로 돌아가 생각을 정리하고 싶었다.

"오늘은 이만해요. 머리가 좀 지끈거려서요."

곽영한이 손을 내밀자 여자는 마지못해 곽영한의 손을 잡았다. 남은 사람은 이동규였다. 이동규에게서 뚜렷한 혐의점을 찾지 못하면 용의자는 곽영한임에 확실했다. 여자의 입술이 스르르 벌어지며 히힛, 하는 소리가 새어 나왔다.

저녁에 여자는 병실 문을 열고 로비로 나왔다. 로비에는 서너 명의 환자들이 나와 쉬고 있었다. 누군가 걸어가는 것이 보였다. 이동규였다. 그는 잔뜩 찌푸린 얼굴로 여자를 힐끔거렸다. 여자는 그에게 손짓했지만 그는 손을 가로저으며 가버렸다. 이동규의 뒷모습을 노려보며 혀를 쑥 내밀었다. 이동규가 가버린 것이 자신의 죄를 감추기 위한 행동처럼 보였다. 떳떳하고 지은 죄가 없다면 피할 이유가 없을 것이다. 이동규에 대해 간호사에게 물어봐야겠다는 생각이 들었다.

간호사실에 최 간호사가 앉아 있는 것이 보였다. 여자는 간호사실로 들어갔다. 최 간호사는 수면제가 필요하냐고 물었다. 여자는 고개를 저으며 "수면제는 됐고. 잠은 왜 그리 시도 때도 없이 덮치는 거야? 그보다 잠시 얘기하려고 들어온 거야."라고 말했다. 최 간호사가 여자에게 의자를 권하며 마침 차트 정리를 끝내서 시간이 난다고 했다. 여자는 이동규 환자가 병원에 오기 전에 어떤 일을 했는지 알고 싶다고 말했다. 최 간호사는 설핏 웃으며 일어나 선반의 차트를 꺼내 뒤적거리다 덮고는 다시 자리에 앉았다.

"이동규 환자는요, 기러기 아빠였어요. 부인이 이혼을 요구해 헤어졌고요. 가족과 돈을 잃은 정신적 충격으로 우울증을 앓게 되었어요. 딸을 무척 그리워하는데 마음을 잘 열지 않아요. 이제 됐죠?"

최 간호사는 이동규를 훤히 알고 있는 듯 사근사근 얘기했다. 언젠가 다른 환자에 대해 물었을 때 들은 얘기와 비슷하기도 했다. 이동규는 자신의 딸에 대한 그리움 때문에 우울한 것처럼 느껴졌다. 그런데 왜 자신이 이동규에게 관심을 갖는지 갑자기 이유가 생각나지 않았다. 머리가 벽에 부딪친 것처럼 윙윙거리고 어지러웠다. 이동규에게 딸이 있든, 부인과 헤어졌든 자신이 상관할 바가 아니라는 생각이 들었다. 더구나 이동규는 키도 작고 메기형 얼굴이어서 매력이 전혀 없었다. 여자는 야멸친 표정으로 고개를 가로저었다. "최 간호사, 나는 그런 사람 관심 없어. 그러니 더 이상 이동규에 대한 얘기는 하지도 마."라고 말하고는 휙 몸을 돌려 간호사실을 나왔다.

여자는 병원에 들어오기 전에도 밤만 되면 두통에 시달렸다. 그럴 때는 집밖으로 나왔다. 그날도 컴컴한 도로를 발길 닿는 대로 무턱대고 걸어 다녔다. 머리가 자꾸 욱신거리고 멀리서 아이가 자신을 부르는 소리가 자꾸 들렸다. 얼마나 걸었을까? 얼굴에 땀방울이 스르르 흘러내렸다. 앞이 잘 보이지 않는 길을 더듬대며 걷는데 자동차 전조등 붉은 빛이 여자의 얼굴을 휘감고 사라졌다. 얼굴이 화르르 달아올랐다. 엄마, 무서워! 아이의 울음 섞인 목소리가 귀를 울렸다. "다혜야, 위험해!"라고 고함을 내질렀다. 행인이 "괜찮아요?"라고 말하고는 그냥 지나치기만 했다. 머리가 금방 부서져 내릴 것처럼 욱신거렸다. 사방을 둘러보았지만 아이는 보이지 않았다. 그때 돌연 어둠 속에서 "여보!"라는 소리가 들리더니 남편이 나타났다. 남편은 마른 짚 같은 얼굴로 여자의 손을 우악스럽게 잡아챘다. "제발 정신 차리자. 여보, 다혜는 이제 없어." 남편의 목소리에 결기가 서렸다. "아뇨, 누가 우리 다혜를 데려갔어요. 다혜가 자꾸 우는 소리가 들려요. 이 손 놔. 다혜 데리러 갈 거야." 여자는 남편의 손을 뿌리치려 했지만 남편은 걸음을 재촉했다. 집으로 돌아온 남편은 여자를 소파에 털썩 주저앉히고 자신도 옆에 앉았다. "매일같이 이게 뭐하는 짓이야? 이러다 내가 먼저 쓰러지겠어. 증세가 점점 심해지는데 무슨 수를 쓰든지 안 되겠어." 남편은 손등으로 눈을 비비며 말했다. 여자가 잠을 자다 문득 눈을 떠보면 남편이 보이지 않았다. 여자는 거실로 나갔다. 남편은 베란다에 서 있었다. 하얀 담배 연기가 모락모락 흩어지며 남편을 에워싸고 있었다.

봄비가 쏟아졌다. 청회색으로 물든 숲은 흐느끼는 것처럼 보였다. 환자들은 창문에 들러붙어 소리를 지르고 온몸이 쑤시고 아프다며 앓는 소리를 내기도 했다. 하염없이 흐르는 눈물을 주체 못해 소리 내어 우는 환자들도 있었다. 빗줄기가 때리기라도 하듯 머리에서 무겁고 윙윙대는 소리가 들려 여자는 머리를 두 손으로 감싸 쥐었다. 스피커에서 음악이 울려나왔다. 음악 감상 시간이 되어 환자들은 시청각실로 갔다. 여자는 머리가 욱신거려 침대에 가만히 엎드려 있었다. 옆에 있던 환우가 등을 툭툭 쳤다. 여자는 환우의 손을 내쳤다. 환우는 그냥 가버렸다.

여자는 텅 빈 병실을 나와 화장실로 갔다. 거울을 보자 얼굴 윤곽이 희미한 여자가 서 있었다. 눈도 게슴츠레하고 턱선이 비틀어져 보여 자신의 얼굴이라고 믿어지지 않았다. 대체 얼마 만에 거울을 들여다보는지도 몰랐다. 로비로 나와 의자에 앉았다. 지나가는 환우도 없어 병동이 텅 빈 것 같았다. 그때 최 간호사가 간호사실로 들어가는 것이 보였다. 여자는 자신도 모르게 벌떡 일어나 간호사실로 들어갔다.

"설운서 님, 왜 시청각실로 안 갔어요? 지금이라도 빨리 가야죠."

"머리가 와사삭 깨질 것 같아. 약을 좀 먹어야겠어."

그때 최 간호사 폰에서 알림이 울렸다. 최 간호사가 폰을 열어 메시지를 확인하고 테이블 위에 두자, 여자가 폰을 집어 들었다. 그 안에는 여자애 사진이 있었다. 노란 유채꽃밭 안에서 아이는 활짝 웃고 있었다.

"최 간호사 아이구나. 너무 귀엽고 상큼하다. 몇 살이야?"

"아이들은…… 다 그렇죠. 지금…… 여덟 살이죠."

간호사가 황급히 폰을 빼앗았다. 그녀의 얼굴이 삽시간에 붉어졌다.

"설운서 님도…… 가족이 있지 않나요?"

"아냐. 나에게 무슨 가족이 있다고 그래. 그러면 내가 이런 병원에 있는 걸 내버려두겠어? 난 혼자야. 그래서 최 간호사가 남자 환자들을 나에게 소개하려고 한 거잖아."

"네? 세상에…… 어떻게 가족을 기억 못 할까? 빨리 병실로 가요. 무슨 일이 생길지도 모르겠네. 의사를 불러야겠어."

간호사의 손에 붙들려 여자는 병실로 돌아갔다. 비에 젖은 나무들이 바람에 갈기를 세워 흔들리고 있는 것이 창밖으로 보였다. 사나운 짐승 울음소리를 내며 숲을 집어삼킬 듯 회오리쳤다. 왜 간호사는 자신에게 가족이 있다고 거짓말을 하는지, 여자는 이해할 수가 없었다.

"이상하지? 일단 잠을 좀 재워야겠어. 아티반을 주사해. 남편에게도 연락해 봐."

"네."

의사와 간호사의 말이 두런두런 들렸다. 얼마나 시간이 흘렀을까? 여자가 눈을 가느스름하게 떴다. 사방이 안개에 덮인 듯 희끄무레했다. 눈을 깜박거리자 병실 문이 보이고 텔레비전과 창문의 윤곽이 조금씩 드러났다. 낯익은 말소리가 조금씩 들리고 웬 남자가 내려다보고 있었다.

남자의 목소리는 귀에 익은데 누구인지 도통 기억이 나지 않았다. 여자는 반쯤 눈을 감은 상태로 누구냐고 물어보고 싶었지만 입이 달싹거려지지 않았다. 몸이 물먹은 솜처럼 묵직했다. 의사가 병실을 나갔다.

의사가 나가는 것을 보던 남자가 간호사 곁으로 다가왔다. 두 사람은 마주 보고 작은 소리로 얘기했다. 간간이 웃음을 짓는 두 사람의 표정이 유쾌하게 보였다. 간호사의 얼굴이 살짝 홍조로 물드는 것이 보였다. 얼마 후, 남자가 간호사를 이끌고 문 밖으로 사라졌다. 아마도 간호사가 남자에게 자신을 소개하는 것 같았다. 저 남자는 이동규보다 미남이라 봐줄 만하지만 헛바람이 들었는지 웃는 모습이 징그러워 아내 될 생각은 추호도 없었다. 최 간호사, 쓸데없는 짓 그만하지. 입술은 말을 안 듣고 자꾸 잠이 밀려왔다.

인터미션

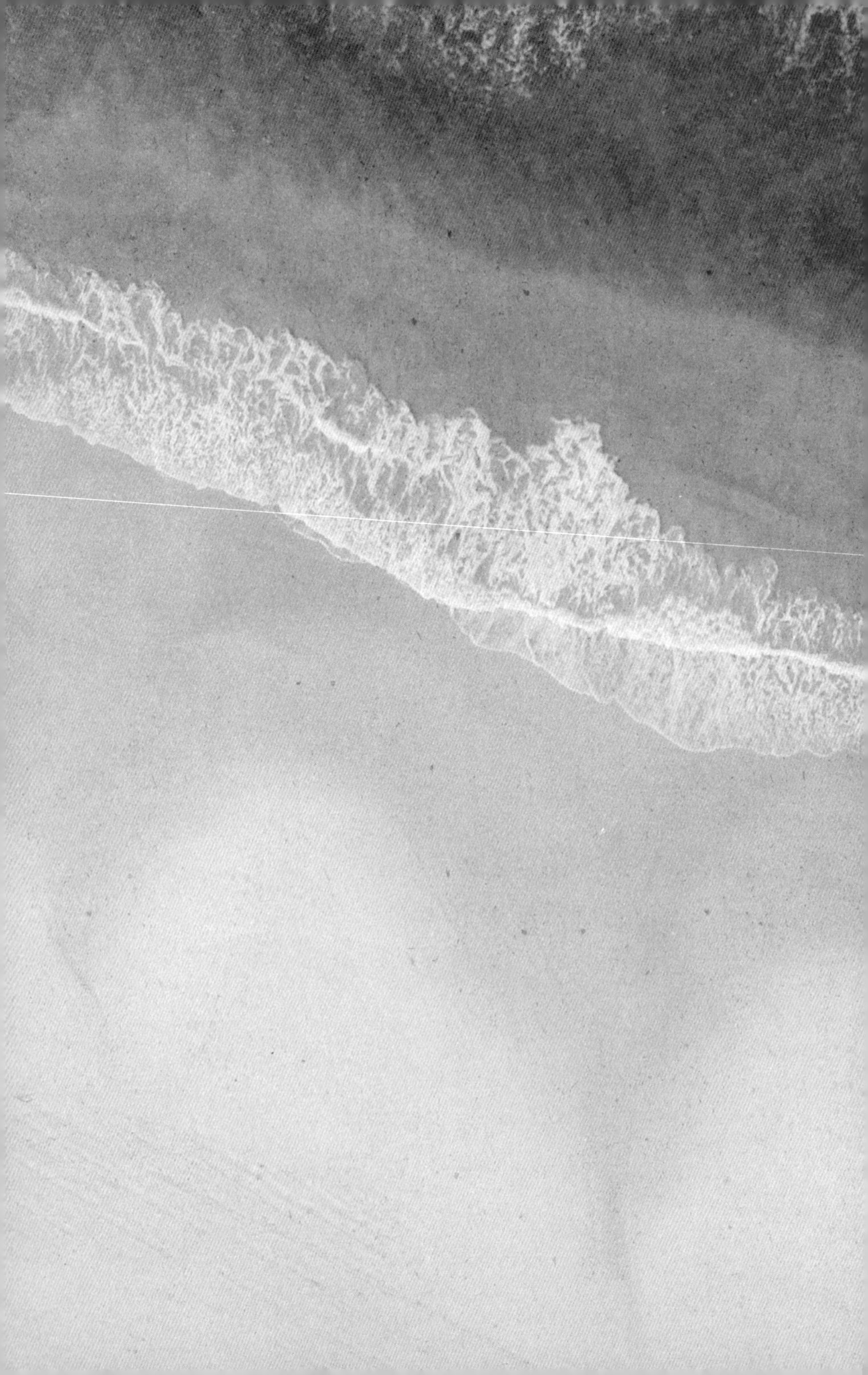

산책을 하려고 집을 나섰다. 푹푹 찌는 여름 날씨지만, 긴팔의 트레이닝복 차림이었다. 오 분쯤 걷자, 몸이 후끈 달아올랐다. 햇살에서 쏟아지는 세르토닌은 긴 상의와 하의로 인해 온전히 흡수되지 못할 것이다. 강렬한 세르토닌을 원했던 나는 절반의 효과에 만족해야 했다. 환한 햇살처럼 빛나길 바라던 내 마음은 시부저기 그늘이 졌다. 내 몸은 세르토닌보다는 코르티솔에 최적화되어 있다. 민소매셔츠와 반바지는 언제쯤 입을 수 있을까. 걷다 보니 공원이었다. 몸은 어느새 땀으로 축축해져 있다. 걸음을 재촉했다.

프엉은 지금 뭘 하고 있을까? 이제 일어나 밥은 먹었을까?

한참 걷다 보니 하천이 보이고 그 위로 데크 다리가 놓여 있었다. 데크로 들어서서 걷다 보니 하천에 황금잉어, 붉은 잉어, 검은 잉어들이 떼 지어 몰려다니며 퍼졌다 오므렸다 원무를 만들며 하느작거렸다. 운동기구가 있는 곳으로 와 벤치에 앉았다. 축구장의 두 배쯤 되는 잔디밭이 눈에 들어왔다. 초록의 잔디에는 사람 그림자 하나 일렁이지 않았다. 순간 그 안으로 뛰어들고 싶었다. 관객이 아무도 없더라도 한가운데 오롯이 서서 독백을 하고 춤을 추며 나만의 연극을 펼쳐 보이고 싶다. 갑자기 무대에 있던 내 몸이 선연히 보였다. 그때의 내 몸은 천장에 달린 조명등을 받으며 찬란히 반짝였다. 첫 주연은 내 집에 침입한 강도와 연애를 하고 결혼까지 이르게 되는 '어설픈 결혼'의 여선생 마순정 역이었다. 강도와 여선생의 결합은 절묘한 조합이었다. 첫 주연의 무대였기에 나에게는 소중한 기회였다. 연극이 끝나고 내 연기에 대한 호평이 쏟아졌다. 어설픈 결혼이지만, 연기는 어설프지 않고 원숙해 보였다고 했다. 연애 많이 했나 봐. 사랑을 표현하는 게 절절하던데. 눈물이 다 날 것 같았어. 누군가의 말에 나는 아무 대답도 하지 못하고 피식 웃었다. 나는 아직 한 번도 누군가와 연애를 한 경험이 없었다.

햇살은 내 몸을 데우기만 할 뿐, 피부에 난 오종종한 돌기까지 태워버리지는 못할 것이다. 땀으로 흥건해진 등짝은 벌레들이 스멀거리듯 가렵다. 백 년 동안 미군부대였다가 시민의 품으로 돌아온 공원이었다. 백 년의 역사를 품은 플라타너스 나무가 바람에 후드득거렸다.

프엉은 지금쯤 일어나 베트남 볶음밥이나 쌀국수를 먹고 있을 것이다. 그날, 캐리어 두 개를 방 안으로 밀어 넣은 그녀는 거실 바닥에 털버덕 주저앉았다. 말할 힘도 없는 듯 벽에 몸을 기대고는 주변을 휘둘러보았다. 벽에 걸린 그림에 그녀는 잠시 시선을 꽂았다. 한 남자의 뒤에는 그 사람을 닮은 남자가 실루엣으로 그림자처럼 붙어 서 있었다. 앞의 남자는 생명과 삶을, 뒤의 남자는 영혼과 죽음을 말하는 그림이었다. 나는 냉장고에 있는 오렌지주스 한 잔을 유리컵에 부어 내밀었다. 그림을 보던 프엉은 고개를 갸우뚱거리더니, 주스를 단숨에 들이켰다. 가냘픈 어깨가 사르르 떨리고 있었다. 나는 프엉의 어깨를 토닥여주었다.

나를 친언니처럼 여기고 편안히 지내라고 프엉에게 말하니 쑥스러운 미소를 지으며 고개를 끄덕였다. 라면을 끓여 같이 먹었다. 한국여자가 끓여주는 라면은 처음 먹는다며 단숨에 그릇을 비웠다. 한 그릇을 비우고 나자, 그녀의 얼굴은 땀과 눈물로 범벅이었다. 라면을 순식간에 비우는 것을 보고 반 공기쯤 남아 있는 밥솥의 밥을 바닥까지 긁어 주었다. 그것도 금세 비웠다. 수저를 놓은 그녀는 가방을 뒤져 1회용 베트남커피 G7을 꺼냈다. 커피는 사르르 입안을 적시며 넘어갔다. 달곰하면서 씁쓸한 맛이 오래도록 혀끝에 남았다.

프엉은 한국에 칠 년 전에 왔다고 했다. 칠 년 동안 한국어

공부를 열심히 한 덕인지, 한국어가 그리 어색하지 않았다. 고향은 하이퐁이고, 한국남자와 결혼하여 잘 살고 싶어 한국으로 왔다고 했다. 그러고는 선웃음을 지으며 묻지도 않은 자신의 이야기를 조곤조곤 털어놓았다.

"한국 와서 남편 집에 왔어요. 남편은 말을 잘 하지 않아요. 집에는 화장실이 두 개 있어요. 남편은 화장실을 따로 쓰자 하고 수건도 색을 다르게 해서 따로 쓰자고 했어요. 방 청소, 세탁기 돌리는 걸 몇 번씩 보여주고 설명했어요. 나는 한국이 신기하고 좋아요. 집이 크고 편리합니다. 나는 드라마가 좋고 남편은 야구나 뉴스가 좋아요. 나는 많이 못 봐요. 하이퐁 얘기 꺼내면 남편은 듣기 싫은 표정을 지어요. 나는 다문화센터에 가서 한글도 배우고 친구들도 만나요. 차도 마시고 수다를 떠니까 재미있어요."

프엉은 입을 다물었다. 날개가 젖은 새처럼 안색이 파리해 보이는 그녀가 내 집에서 날개가 보송보송해지기를 바랐다. 그만 들어가 쉬라는 말에, 그녀는 캐리어를 들고 방으로 들어갔다. 짐을 풀어 붙박이장에 정리하고 욕실에서 몸을 씻은 그녀는 자리에 눕자마자 잠에 곯아떨어졌다.

바람과 그늘에 진득거렸던 땀이 식자, 대신 찬 기운이 몸을 휘감는다. 자리에서 일어나 왔던 길로 되돌아 걸었다. 하루

한 끼로 때우는 요즘, 내 몸은 점점 텅 비어지고 대신 발진이 내 몸을 지탱하고 있는 것만 같다. 내 몸속 장기들이 피부의 발진을 흡수해버리고, 예전의 깨끗한 피부로 돌아갈 날은 언제일까? 아니 그런 날이 오기나 할까? 몸이 가벼워지면서 내 사고도 가볍고 단순하게 변해버렸다. 나는 무엇이든 감추는 것에 익숙해져 있는 편이었다. 눈물 한 방울도 쉽게 흘린 적이 없고 감정이나 생각조차 잘 드러내지 않았다. 그런데 피부를 뚫고 나오는 발진은 감출 수가 없었다. 손을 쓰려야 쓸 수가 없었고, 처방도 소용없었다. 이제 항문의 신호도 잘 오지 않았다. 일주일째다. 하루 한 끼 흡수했던 음식은 다 어디에 박혀 있을까. 그래도 내 몸이 가벼워진다는 건, 내 몸에서 더 덜어낼 것이 없어진다는 점에서 좋은 일인지 모른다. 무겁다는 것은 땅에, 가볍다는 것은 하늘에 가깝다는 논리에 비춘다면 내가 이 땅으로부터 점점 멀어진다는 뜻일 테니까. 이 땅에 미련을 둘 만한 끈은 아무것도 남아 있지 않아, 차라리 바람처럼 멀리 날아가 버리고 싶다. 다시 무대에 설 수 없는 삶이라면, 아무런 의미가 없는 것이다. 공원을 벗어나 빠른 걸음으로 집을 향해 걸었다.

석 달 전이었다. 연극 공연이 끝나 통과의례처럼 치르는 감기몸살을 앓았다. 감기가 거의 나아갈 무렵에 갑자기 신열이 오르더니, 얼굴에 손톱만 한 붉은 발진이 하나둘 보이기 시작했다. 지금은 배와 다리까지 번지고 있었다. 의사는 팔과 다리의 발진을 보더니, 고개를 갸웃거렸다. 컴퓨터에 있는 유사한 사진을 클릭하여 보여주더니, 몸속에 쌓여 있는 독소가 분해되지 못해 피부 바깥으로 스며든 것이라고 했다. 집에 돌아와 처방받은 연고를 발진 부위에 수시로 발랐지만 일시적으로 진정되다가 또 발그레하게 올라왔다. 밤이 되면 가려움 때문에 잠을 설쳤다. 박박 긁어내고 싶어 발진에 손을 갖다 대었다가 상처가 덧날까 봐 손을 움츠리며 떼어야 했다. 그럴 때는 온몸이 쥐가 나듯 뒤틀렸다. 차라리 칼을 들고 그 돌기들을 하나하나 도려내야 속이 시원할 것 같았지만 칼을 드는 대신 머리칼을 쥐어 잡고 소리를 질러대었다. 동시다발적으로 쪼아대는 통증은 계통도 없이 시작되었다가 슬며시 사그라졌다.

좋아하는 불고기를 먹은 날, 가려움이 심해 견딜 수가 없었다. 그다음부터 육식을 멀리하는 습관이 생겼다. 발진은 내 몸을 숙주로 기생하는 것 같았다. 내 몸이 구차스러워 더 이상 극단에 나갈 수도 없었고 알바를 하고 있는 패스트푸드점에도 근무할 수가 없었다. 피부과 치료를 받아야 하니 쉬겠다고 얘기하고 극단과 알바를 쉬었다. 13평 투룸은 작은 방 하나와 주방 겸 거실로 이루어져 있었다. 수입이 끊긴 나는 그 방을 세주기로 하고 광고를 붙였다.

집 근처 전봇대에 '하우스 메이트 구함, 월 20만, 연락처 010-999-****'라고 적힌 광고지를 서너 장 붙여놓았다. 방에 있는 책상과 책장을 거실로 옮겼다, 미니화장대와 침대는 거실에 둘 자리가 없어 그대로 두고 화장품들과 이불만 거실로 옮겨야 했다. 방 벽지는 곰팡이가 슬어 있고, 세탁기는 고장이 난 상태였다. 창문을 열면 차량 소리와 소음이 끼어들어 창문은 늘 닫아야 했다. 환기도 채광도 잘 되지 않는 집이어서 세 들어올 사람이 없을 줄 알았다. 이틀 후, 얼굴이 가무잡잡하고 키가 작은 여자가 찾아왔다. 꽃무늬 원피스 차림에 생머리가 어깨에 찰랑거리는 여자였다. 한눈에 동남아 여성임을 알 수 있었다. 집을 둘러보던 여자는 바로 계약을 했다. 다음 날 짐을 갖고 왔다. 보라색, 주황색 캐리어 두 개가 전부였다. 주황색 캐리어에는 베트남 모자 농이 걸려 있었다. 앳된 얼굴의 여자 눈동자는 불안하게 흔들리고 있었다. 복잡한 표정의 이주여성이라니, 어디로 튈지 모르는 돌발사건과 동거하는 것처럼 느껴졌지만 달랑 캐리어 두 개를 끌고 온 것을 보니 연민이 일었다.

밤새 비가 내렸다. 추적대는 빗소리를 자장가 삼아 이부자리에서 뭉그적거렸다. 천장 구석의 벽지에 거무죽죽한 곰팡이가 크게 번져 있었다. 햇볕에 건조하지 못한 빨랫감 때문에 실내는 큼큼한 냄새가 났다. 온몸에 스멀거리는 가려움이 더 심해지고 발진은 발갛게 부어올랐다. 눈을 비비며 벌떡 일어났다. 병원에서 처방받은 흰색 연고를 찾아 발진 부위에 듬뿍 펴 발랐다. 내가 부스럭거리자 프엉이 눈을 떴다. 다리와 팔에 오종종 돋아난 종기들을 보고, 그녀는 인상을 찡그리더니 입술에 손바닥을 갖다 대었다.

"어떻게 합니까?"

"곧 괜찮아져. 잠을 깨웠네."

프엉이 욕실을 다녀와 물을 한 잔 마시고는 TV를 켰다.

"이런 몸 보여서 미안해. 밤중에 일어나 잠까지 깨우고."

프엉은 고개를 가로저으면서도 뭔가 개운치 않은 표정으로 TV에 시선을 꽂았다. 나는 커피를 타기 위해 포트에 물을 올렸다.

L이 문득 떠올랐다. 그와 단 둘의 시간을 가지며 차를 마셔본 적이 없었다. 그에게 내 마음을 털어놓지 못하고 내가 아닌, 다른 사람의 감정 연기를 무대에서 펼칠 때마다 내 속은 깻묵처럼 새카맣게 타들어갔다. 야누스 극단에서 주연의 자리는 쉽게 오지 않았다. 밤마다 대본을 읽으며 각 캐릭터를 소화하려고 하나하나 몰입하여 연기 연습을 했다. 목소리가 컸는지, 옆집의 항의를 몇 번 받기도 했다. 삼 년 동안의 연기를 눈여겨본 연출가 L이 나에게 주연을 맡겼다. 나는 L의 창

백한 얼굴, 그윽한 눈빛, 박학다식하면서도 세심하게 단원을 배려하는 모습에 매료되었다. 결혼한 지 오 년 만에 이혼하고 혼자 살고 있다고 했다. 나는 당당히 내 사랑을 드러내고 싶은 마음과 소문의 주인공이 되고 싶지 않은 마음 사이에서 갈등했지만 배우로 남기 위해 사랑을 숨기는 걸 선택했다. '어설픈 결혼'에서 강도를 사랑하는 연기가 자연스럽게 흘러나온 건, L에 대한 흠모 때문이었을 것이다. 프엉은 커피를 한 잔 마시고 방으로 갔다. 발진의 가려움이 온몸을 뒤집어놓으며 사정없이 두들겨 팬다. 코르티솔이 다량 분비되는 순간이다. 진통제를 입안에 털어 넣고 눈을 붙였다.

눈을 뜨니 아침 열 시였다. 거울을 보니 얼굴 볼살이 옴팍 들어가고 눈자위가 다크서클로 거뭇하다. 요기를 하려고 냉장고 문을 열었지만, 안은 텅 비어 있었다. 이럴 때는 영양소 균형을 적절히 맞추기 위해 맛집을 찾아야 하지만 마음뿐이다. 편의점으로 가 국물떡볶이와 삶은 계란을 사 들고 왔다. 가끔 매콤한 걸 먹고 싶을 때는 국물떡볶이가 제격이다. 삶은 계란을 잘라 버무리면 영양까지 챙길 수 있다. 빈속에 매운 음식이 들어가니 위장이 뒤틀리고 헛구역질이 나왔다. 화장실 변기에 대고 먹은 것을 그대로 토해버렸다. 화장실을 나오다 다리가 휘어져 주저앉았다.

프엉이 쌀을 씻어 흰죽을 쑤었다. 불 앞에 서 있는 프엉의 얼굴에 땀이 송송 맺혀 한 손으로는 연신 땀을 닦아내고, 다른 손으로는 주걱으로 죽을 저었다. 나에게 흰죽을 주고, 프엉은 자신이 먹을 라면을 끓였다. 식탁에 마주 앉았다.

"아이는 없었어? 낳지 않은 거야?"

"결혼하고 이 년 후에 남자아이가 태어나요. 아이를 보고 남편이 웃어요. 그때가 제일 좋아요. 그런데…… 그만 우리 서찬이가…… 다섯 살 때 죽어요. 유치원 차에 그만……."

프엉의 표정이 일그러지더니 눈시울이 붉어졌다.

"집에는 무거운 침묵만 있어요. 나는 매일 울어요. 남편은 술에 취해 귀가하면 날 때려요. 날 자꾸 때리니까, 내가 아이를 죽인 것 같은 생각도 들어요. 나는 맞아도 아무 말 안 해요. 친정에 보내는 돈을 끊어버리고 나를 파출부라고 불러요. 무슨 말인지 몰라 친구한테 물어봐요. 집에서 돈 받고 가사를 도와주는 사람이라고 해요. 내가 속상해서 헤어지자고 해요. 짐을 싸고 나올 때 그 사람이 백만 원 주어요."

그녀는 막상 남편과 헤어지고 나니, 불법 체류자가 되었다고 했다. 살고 있는 나라에서 쫓겨날지 몰라 불안감을 늘 안고 산다는 것은 어떤 것일까? 돈이 떨어져 연명하기 위해 불안에 떠는 것과 사는 곳에서 쫓겨날지 몰라 불안에 떠는 것 중에 뭐가 더 불안할까? 아니, 프엉은 그 두 가지를 다 품고 있으니, 더 불안하고 초조할 것이다.

프엉은 찌푸린 표정을 풀고 웃음을 지었다. 그녀에게는 강단이 보였고 쉬 상처받아 나락으로 떨어질 것 같지 않았다. 세상에 맞서 씩씩하게 헤쳐 나갈 힘이 충전된 배터리가 그녀의 몸 어딘가에 내장되어 있을 것 같았다.

집을 나와 공원으로 걸어갔다. 비 오는 날의 공원 산책은 색다른 맛을 안겨준다. 우산을 든 채 천천히 걷다 보면 잠시 나와 현재라는 시공간을 잊어버린다. 이완된 몸의 리듬을 하나둘 세다 보면 내 안의 목소리가, 먼 미래에서 들리는 음성처럼 고요히 들리는 것 같다. 벤치가 젖어 있어 앉을 데가 마땅치 않아 방문자센터로 들어갔다. 지하 1층에 4D 체험관이 보였다. 20분짜리 애니메이션이 상영되고 있었다. 표를 끊어 안으로 들어가 입체안경을 썼다. 의자 앞에서 물이 뿜어져 나오고 바람이 불기도 했다. 롤러코스터처럼 의자가 뒤흔들리기도 하고 천장에서는 천둥소리가 지나가기도 했다. 새로운 시공간으로 옮겨가는 것도 묘한 재미가 있다. 영화가 끝나 밖으로 나오니, 비가 그쳐 있었다. 대기 속으로 빗방울의 잔흔이 희뿜하게 떠 있었다. 햇살이 없는데도 세르토닌이 내 몸 안의 코르티솔을 밀어내고 가득 들어차는 느낌이다. 내 몸은 늘 세르토닌과 코르티솔이 길항하며 공존하는 느낌이다.

집으로 가는 길에 피부과 병원에 들렀다. 수그러들지 않는 발진 증상을 보고, 의사는 고개를 갸웃거렸다. 레이저 치료를 하고 다른 연고와 먹는 약을 처방해주었다. 스트레스를 많이 받나 보네요. 이 약으로 낫지 않으면, 큰 병원에 가보는 수밖에 없습니다. 나는 고개를 끄덕이고 처방전을 받아 집으로 왔다. 약을 먹고 옷을 벗어 새 연고를 발랐다. 온몸에 독버섯처럼 돋아난 발진은 밤이 되자 발갛게 부어오르며 가려웠다. 톡톡 쏘아대는 통증 때문에 잠이 오지 않았다. 새로 처방받은 약도 아무런 효험이 없었다. 새벽이 되자, 가려움과 통증이 조금 진정되었지만 잠은 들지 않았다.

프엉의 방에서 속닥이는 말소리가 들렸다. 누군가와 통화를 하는 모양이었다. 그녀는 식당일이 끝나고도 자정이 다 되어 귀가하는 편이다. 이국의 외로움을 씻어내려면 친구가 많은 게 좋은 법이다. 예전보다 화색이 돌고 씩씩해진 모습이다.

더 이상 잠이 들지 않자 TV를 켰다. TV에서 화가 에곤 실레의 삶을 담은 영화가 방영되고 있었다. 언젠가 에곤 실레의 전시회에 다녀온 적이 있었다. 실레의 그림에는 불안, 공포가 뒤틀려 있었다. 나는 실레의 그림들에서 연극적 서사를 발견했다. 고독과 단절감, 죽음에 대한 공포, 내밀한 욕망, 인간의 실존을 둘러싼 고통스러운 투쟁이 그림 속에 팽팽히 날을 세우고 있었다. 그중에서도 '데스 앤 맨' 제목의 그림은 특히 눈길을 끌었다. 삶과 죽음이 한 육체에 머물고 있는 그림에서 섬뜩함과 요괴가 느껴졌다. 삶이 때로는 죽음일 수 있다니……. 나는 전시관 기프트 숍에서 '데스 앤 맨' 복사본 그림을 사 들고 왔다. 영화는 실레의 예술적 뮤즈인 여자들과의 관계를 담고 있었다. 영화가 끝나고도 잠이 오지 않자 책상에 앉아 노트북을 열었다. 연극배우로 활동하면서도 언젠가 희곡을 쓰고 싶은 꿈이 나에게는 있었다. 지금이 바로 희곡을 쓸 때라는 생각이 불현듯 떠올라 컴퓨터 앞에 앉았다. 극단에 돌아가면 내가 쓴 희곡을 무대에 올리고 싶었다. 나는 거침없이 한 자 한 자 써내려갔다.

저녁 늦게 프엉이 들어왔다. 종이 백과 비닐봉지가 양손에 두 개씩 들려 있었다. 나는 눈을 휘둥그레 뜨고 입을 딱 벌렸다. 그녀는 종이 가방들을 툭 내려놓고 비닐봉지에 든 맥주와 치킨을 식탁에 올려놓았다. 그녀의 입술이 귀에 걸려 있고 마치 춤이라도 출 듯이 몸을 가볍게 흔들어댔다. 식당에서 돈을 받았다고 했다. 그녀가 쇼핑백에서 옷과 화장품을 꺼내어 자랑했다. 난 물끄러미 프엉을 바라보며 고개를 끄덕였다. 언젠가 한국 시민권을 얻는 일이라면 뭐든지 할 것이라는 그녀의 말이 떠올랐다.

오랜만에 기름진 음식이 들어가니, 또다시 위장이 반란을 일으키듯 뒤틀렸다. 화장실로 가 구토를 하며 속을 게워냈다. 그녀가 걱정스러운 표정으로 나를 바라보았다.

다음 날, 프엉이 출근한 후 나는 느지막이 일어나 라면을 끓여 먹었다. 창가에 놓여 있는 화분들이 눈에 띄었다. 창가에는 그녀가 사 들고 온 화분 십여 개가 올망졸망 놓여 있었다. 그녀가 얼마 전 다이소 상점에서 사 온 행운목은 키가 10센티미터가 채 되지 않을 만큼 작은 것들이었다. 잎사귀 길이는 처음 사 왔을 때보다 오 센티미터 정도 자랐다. 그녀는 자신에게 행운이 찾아들기를 바라는 마음에서 행운목을 구입했을 것이다. 그녀는 세 들어 사는데도 집에 올 때마다 자잘한 화분을 사 들고 왔다. 화분의 흙은 바싹 말라 있었다. 싱크대 수돗물을 컵에 담아 듬뿍 부었다. 나에게 하루하루의 의미는 뭘까. 안으로 깊이 스며들지도 않고, 더 멀리 날아가지도 못하는 나는 고립무원의 섬 안에 갇혀 있는 것만 같다. 육체적이든 정신적이든 더 이상 생장이 일어나지 않는다면 식물인간이나 다름없을 것이다. 샤워를 하고 자리에 누웠다. 빈 위장으로 들어간 라면에 문제가 생긴 것일까. 속이 느글거리고 용틀임했다. 바닥에 엎드려 배를 딱 붙이고 고개를 돌려 왼쪽 뺨을 바닥에 붙였다. 유리창 블라인드로 엷은 햇살이 비쳐 들어 문짝 사각형 프레임이 바닥에 그림자를 드리웠다. 구차해지는 내 몸뚱이를 뜨거운 태양열이 녹여준다면 통증이나 가려움 따위에 시달리지 않아도 될 것이다. 위장은 조금 진정되었지만 몸을 일으킬 한 점 기운도 남아 있지 않았다. 이대로 숨이 멈춰버리면, 내 기사가 일간지 한쪽을 장식할지도 모른다. '연극배우 홍정아 (40세) 자택에서 숨지다. 그녀는 지난해, 연극 〈어설픈 사랑〉에서 집으로 침입한 강도와 결혼한 여교사 마순정 역을 맡아 열연을 펼치기도 했다.'

나의 죽음에 대한 충격으로, 지구 모퉁이에 있는 돌멩이 하나도 굴러 떨어지지 않을 것이며 슬피 눈물 흘릴 사람도 없을 것이다. 엄마는 세상을 등졌고, 아버지와는 인연을 끊었으며 하나 있는 여동생은 먼 나라에 가서 살고 있었다. 어릴 때 보았던 아버지는 자신의 몸 건강을 위해 과민반응을 하는 인물이었다. 온갖 약초와 건강기능식품을 집 안 창고에 재어놓고 혼자 야금야금 먹어치웠다. 우리는 아버지가 주말마다 약초를 캐러 다닌다는 사실을 몰랐다. 한 번도 아버지가 가족의 건강에 대해 걱정하는 것을 본 적도 없었다. 나쁜 공기를 마시지 않기 위해 외출할 때는 늘 마스크를 착용했다. 엄마는 내가 여고생일 때 폐결핵을 앓았다. 아버지는 엄마를 치료하기 위해 백방으로 뛰어다녔지만 소용없었다. 엄마가 돌아가시고, 아버지는 일 년 후, 재혼했다. 대학을 졸업한 후 더 이상 아버지를 찾아가지 않았고 여동생은 결혼하여 중국으로 떠나버렸다.

나는 남자에게 쉽게 마음을 열지 않는 성격이었다. 아직 한번도 이성과 사랑을 나누어보지 못했다. 사랑뿐 아니라, 뭐

하나 내 뜻대로 과감히 밀어붙이는 근성이 나에게는 없었다. 현실에서 이루기에는 높다란 벽이 있다고 생각하기에, 그 대안으로 연극 무대를 선택했다. 무대에서는 내가 꿈꾸는 어떤 것도 이룰 수 있을 것 같았으니까. 극단에 있을 때 가슴앓이를 한 사랑은 피지도 못하고 하릴없이 스러져버렸다. 고백조차 못한 사랑은 스트레스의 원인이 되어버렸다. 이대로 내 삶의 막이 내려간다는 생각을 하니, 억울함과 분노가 밀려왔다. 생애 처음이자 마지막 사랑을 고백이라도 하고 싶었다. 그건 내 영혼의 막을 올리는 것이었다. 온 힘을 다해 몸을 일으켰다. L을 만나고 싶다. 온몸에 신열이 내리고 붉게 들떠 있는 내 얼굴을 그가 알아볼까. 그를 향한 내 고백이 무참하게 외면을 받더라도 그의 얼굴을 바라볼 수만 있다면, 만족하리라.

프엉을 보면 이상하게 기운이 솟는다. 지난 실패에 연연하지 않고 사랑을 찾는 그녀가 부러웠다. 숨은 명분이 있다고 해도 그녀의 과감한 행동은 마음이 노출될까 봐 숨기에 급급한 나에게 부끄러움을 안겨주었다.

L에게 마음을 열어본 적은 한 번 있었다. 마지막 공연이 있던 날, 삼겹살 파티를 한 후 그가 자신의 집에서 2차를 하자고 했다. 출연 배우와 스태프를 포함하여 모인 사람은 여덟 명이었다. 치맥 파티가 끝나고 그의 집을 나올 때, 나는 가방에 늘 들고 다녔던 시집을 식탁 위에 올려두고 왔다. 시집 속

에는 내 고백을 담은 엽서가 들어 있었다. 다음 날도, 그다음 날도 그에게서는 아무런 연락이 오지 않았다. 어쩌면 시집을 펼치지도 않고 쓰레기 박스에 던져버렸을까. 그의 행동에서는 별다른 기미도 없었다.

자리에서 일어나니 어질병이 일 듯 머리가 띵하고 사방의 벽이 십오 도쯤 기울어져 보였다. 몸이 휘청거리더니 바닥에 턱 주저앉아버렸다. 벽을 잡고 겨우 몸을 일으켰다. 냉장고 문을 여니, 팩 우유 두 개와, 계란 한 개가 있었다. 김치가 찬통 바닥에 몇 점 깔려 있었다. 우유를 한 잔 마시고 계란을 하나 삶아 먹었다. 세면대에서 세수를 하다 거울 속 내 얼굴을 골똘히 바라보았다. 거울을 향해 있는 내 얼굴이 남의 얼굴처럼 낯설어 보였다. 평소보다 야위면서도 잔뜩 부은 얼굴이었다.

욕실에서 몸을 씻고 나오니 부재중 전화가 와 있었다. 야누스 극단의 Y였다. 피부치료를 잘 받고 있다는 답문을 찍어 보냈다. Y는 나보다 열 살이 많은 주부이다. 의사인 남편과 아들과 딸을 두고 남부럽지 않게 살았다고 했다. 어느 날, 자신이 의사의 부인으로 기억될 뿐, 자신의 고유성과 존재감이 없다는 걸 깨닫고는 우울증이 왔다고 했다. 심리 상담소를 들락거리다, 일을 하기 위해 연극판에 뛰어들었다. 자신의 이름으로 한번 살고 싶다는 게 그 이유였다. 무대에서의 삶이 진짜 자신의 삶보다 더 행복하다고 했다.

옷장에서 긴팔의 베이지색 자켓과 무릎 아래 내려오는 자주색 스커트를 꺼내어 입고, 주황과 보라색이 섞인 스카프로 목을 둘렀다. 마스크와 모자를 쓰고 집을 나섰다. L의 집 방향으로 가는 버스에 올랐다. 그가 저녁 열한 시 전후로 귀가한다는 걸 알고 있었다. 극단에서의 연극 연습은 그 즈음에 마치기 마련이었다. 연출가인 그는 뒤풀이에서 시간을 오래 끌지 않는 편이다. 버스에서 내려 십 분쯤 걸어가자, 그가 사는 아파트가 나왔다. 103동을 찾아 출입구 근처에서 어슬렁거렸다. 삼십 분이 지났을까. L의 모습이 어렴풋 보였다. 눈을 찡그려 그가 맞는지 주시했다. 나는 성큼성큼 걸어서 그에게로 다가갔다. 그와의 거리가 오 미터 정도 되었을 때였다. 뒤에서 한 여자가 달려와 그와 팔짱을 끼고 걸어갔다. 난 순간 제자리에 섰고 그는 날 알아보지 못했다. 두 사람이 아파트 출입문으로 들어갔다. 나는 구석에 있는 벤치에 주저앉았다. 망연히 밤 풍경을 바라보았다. 검은 나무들이 바람에 진저리 치고 있었다. 갑자기 발진들이 발작하듯 용솟음치는 느낌이 들었다. 주체할 수 없는 신열로 온몸이 끓어오르듯 땀이 흥건히 차올랐다. 이십 분쯤 지나 자리에서 일어났다. 내 몸을 누군가 바투 쥐고 움키면 그대로 바스러져 버릴 것 같았다. 드라이플라워처럼.

집으로 돌아와 현관문을 열자, 평소와는 다른 공기가 훅 맡아졌다. 정욕의 비린내였다. 혹시 프엉? 누군가에 얻어맞은 듯 몸이 욱신거렸다. 옷도 갈아입지 않고 무너져내리듯 자리에 누워버렸다. 얼마 후, 프엉이 돌아왔고 들고 온 가방에서 무언가를 꺼내어 식탁 위에 올려두었다. 욕실에서 나온 프엉의 머릿수건이 풀어지자 등에서 긴 생머리가 찰랑거렸다. 처음 왔을 때의 초췌한 모습은 온데간데없이 물오른 몸매가 절정에 이른 듯 보였다. 식당일을 하고부터 프엉은 조금씩 살이 붙고 있었다. 검은색 시미즈는 알맞게 살이 오른 몸을 감싸고 있었다. 허기는 잠조차 쉽게 허락하지 않아 나는 두 눈을 뙤록 뜨고 프엉의 움직임을 쫓았다. 드라이어가 프엉의 머리칼 위에서 둔탁한 파찰음을 일으키고, 프엉의 몸도 함께 진동을 했다. 끝없는 나락으로 떨어지는 내 몸과 달리 그녀의 몸은 생동하며 날아가는 나비였다. 의지대로 되지 않는 내 몸은 차라리 유체이탈이라도 하고 싶은 심정이다. 프엉에게 무슨 일이 있었을까? 그녀가 일하고 있는 식당에 손님이 찾아왔을 것이다. 아니면 식재료 배달원일 수도 있을 것이다. 그녀는 서빙을 맡고 있을 것이다. 예쁘게 화장한 얼굴, 깔끔한 옷차림, 사근사근한 눈웃음에 남자는 반했을 것이다. 그녀에게 남자는 명함을 건네고 두 사람은 휴일에 데이트를 하고 사귀었을 것이다. 그녀는 시민권을 얻을 욕심에 남자의 말에 솔깃하여 남자의 요구에 매번 응했을 것이다. 남자가 집까지 바래다 준다며 여기까지 왔을 것이고, 그녀는 집 안에 내가 없자 남자를 끌어들였을 것이다.

남자는 프엉의 귀에 대고, 자신과 결혼하면 이런 집과는 비교가 되지 않는 좋은 집에 살 수 있고, 맞벌이를 한다면 새로운 집으로 이사갈 수도 있다고 소근거렸을 것이다. 아마도 지금쯤 그녀는 남자와 결혼하는 환상에 달콤한 꿈을 꾸고 있을지 모른다.

위장에서 날카로운 통증이 송곳처럼 찌르고 있다. 리모스 여신이 허기를 안기려고 나에게 저주라도 퍼붓는 것일까. 내 몸은 상실되면서 급속도로 냉각되고 결국은 소실될 것이다. 코르티솔이 온몸에서 뿜어져 나오는 순간이다. 다시 세상이라는 무대에 내가 설 수 있을까. 심장박동수가 점점 느려지는 것으로 보아, 죽음 가까이 다가서는 건 아닐까. 죽음이 두렵지는 않다. 영혼이 육체와 떨어지지 않고 결합되어 있듯이 죽음이 내 안에 머물고 있다는 것을 느낀다. 마음이 편안해진다. 내 마음 한쪽에서 고통과 번뇌의 씨앗이 된, 인연의 고리들을 싹둑 잘라내어 버린다. 비로소, 편하고 깊은 숨을 들이켠다.

프엉에게서 옅은 숨소리가 들리고 그녀의 잠든 표정이 보였다. 그녀를 보는 순간, 내 몸에서 미세한 움직임이 느껴졌다. 바람에 흔들리는 나뭇잎 같은 움직임이었다. 그녀의 환한 표정과 숨소리가 링거처럼 내 몸에 꽂히더니 내 몸의 세포들이 올올이 일어나며 숨구멍을 활짝 열어젖혔다. 나는 깊은 숨을 내쉬었다. 몸 안에서 알 수 없는 힘이 나를 일어나도록 밀어냈다. 식탁 위에는 프엉이 만든 볶음밥이 놓여 있었다. 돼지고기와 양파, 숙주, 휘시 소스, 새우를 넣어 만든 것이었다. 입맛이 맞지 않아 두 숟갈 먹고는 그대로 뚜껑을 덮었다. 식욕이 자꾸 떨어지고 있었다.

자리에 눕자 잠에 빠져들었다. 나는 다시 L의 집으로 갔다. 초인종을 눌렀지만 문이 열리지 않았다. 집 현관 앞에서 서성이며 기다렸다. 이십 분 동안 그가 오지 않자, 나는 갑갑증이 나서 현관문 고리를 살짝 당겨보았다. 뜻밖에 문이 쉽게 열려 성큼 안으로 들어갔다. 집 안에는 아무도 없었다. 식탁 위에는 커피와 먹다 남은 식빵이 올려져 있었고 침대 위에 옷가지와 이불이 뒤엉켜 있었다. 여자의 속옷도 보였다. 나는 옷들을 치워 개켜서 옷걸이에 걸어두고 속옷은 한쪽에 치워두었다. 이불도 정리한 다음 거실과 방을 청소기로 밀고 걸레질을 했다. 그는 밤마다 여자를 초대하는 걸까. 이상하게 질투심이 일지 않았다. 기운 하나 없던 몸에서 힘이 샘솟는 듯했다. 주방 정리를 끝내고 음악을 틀어놓고 커피를 한 잔 마셨다. 식탁 끝에 그때 보았던 여자와 함께 찍은 사진액자가 있었다.

나는 사진액자를 뒤엎어버렸다.

시계가 열두 시를 넘어서도 그는 귀가하지 않았다. 밥이라도 한 술 먹고 싶어 밥솥을 열었지만 밥이 없어 참기로 했다. 나는 거실 소파에 드러누워 눈을 감았다. 잠결에 구두 발자국 소리가 들렸다. 그 소리는 하이힐처럼 또각또각 들리더니, 이윽고 열쇠를 돌리는 소리가 들리고 현관문이 열렸다. 어머, 내 정신 봐. 문을 안 잠갔나 봐, 하는 여자의 목소리가 들리는가 싶더니 외마디 비명소리가 들렸다. 나는 소파에서 몸을 일으켜 그녀를 마주봤다. 그녀는 낯선 불청객을 만나 소름끼치는 듯한 표정으로 나를 보고 있었다. 그녀는 누구냐고 물었다. 여기는 내 집이고 L은 내 남자라고 당차게 말했다. 여자의 안색이 파래졌다. 무슨 말을 그렇게…… 여기는 내 집이에요. 그녀가 울먹이며 지껄였다. 나는 벌떡 일어나 표독스러운 표정으로 소리를 질렀다. 그녀가 털퍼덕 주저앉았다. 억울하다는 표정으로 고개를 절레절레 흔들더니, 매서운 눈으로 노려보고는 현관문을 열고 나가버렸다.

얼마 후 L이 돌아왔다. 나는 L의 품에 안기고 그는 나에게 키스를 했다. 나는 아침마다 밥상을 차려 그와 다정하게 식사를 했다. 그가 출근하고 나면, 나는 집 안을 깨끗이 청소한 다음 전시회나 음악회에 갔다. 내 생일날 저녁에 우리는 근사한 레스토랑에서 만나 밥을 먹고 와인을 마셨다. 그가 내 뒤로 서서 목덜미 머리칼을 젖히고 진주목걸이를 걸어주었다. 나는 그를 향해 행복한 미소를 지어 보였다. 그가 나에게 키스를 하는 순간 눈을 떴다. 꿈이었다. 밤마다 그에 대한 꿈을 꾸며 그를 만난다면, 그와 나는 이미 연인이 된 것이나 다름없지 않을까. 갑자기 행복감이 차올랐다.

목욕을 하기 위해 욕조에 따뜻한 물을 채워 들어갔다. 녹진하게 풀린 몸은 시간이 흐르면서 점점 더 가려웠고 몸을 짓이길 듯한 통증이 손끝에서부터 심장까지 번져갔다. 주삿바늘이 온몸을 쿡쿡 찌르는 느낌이었다. 입에서 신음소리가 우우, 흘러나왔고 나는 까무룩 눈을 감아버렸다. 정신을 차리고 눈을 떠보니, 욕조에는 이물질들이 가득 떠 있었다. 내 몸을 들여다보았다. 내 몸은 발진 자국 하나 없이 깨끗해져 있었다. 이물질들은 발진의 쭉정이였다. 목욕으로 씻긴 피부는 눈부시도록 하얘져 있었다.

피부병이 나으면서 지방 덩어리가 빠져나간 몸은 최상의 컨디션을 찾았다. 고아하고 청정한 몸으로 우아하게 무대를 누빌 그날이 기다려졌다. 내 무대의 막은 곧 올라갈 것이다.

| 해설 |

다양한 가능성의 탐색

송명희(부경대학교 교수, 문학평론가)

1. 새로운 기법을 시도한 「아내가 잠든 밤」

『월간문학』(2015.6)을 통해 등단한 김민혜 작가가 이번에 첫 소설집 『명랑한 외출』을 발간한다. 이번 소설집에는 표제작 「명랑한 외출」을 비롯하여 등단작인 「물속의 밤」 등 모두 8편의 소설을 수록하고 있다.

이번 소설집에서 첫째로 주목을 끄는 작품은 「아내가 잠든 밤」이다. 이 작품은 1인칭의 남편에 의해 서술되는 현실의 이야기와 아내가 인터넷 블로그에 올리는 소설 시놉시스에 등장하는 이렌이란 여성의 이야기가 교차 서술되고 있다. 작가는 교차 서술과 추리적 기법을 활용하여 현실 속 남편이 점차 소설 속 허구적 인물과 현실의 아내를 혼동하는 망상에 빠져들다 마침내 아내에게 수면제를 먹인 다음 옛집에 아내를 유폐시켜버리는 과정을 그려내고 있다.

J. 시몬스(Symons)에 의하면 추리소설은 문제의 제출과 탐정의 논리적 추론에 의한 해결이라는 두 가지 요소를 전제로 한다. 그리고 '수수께끼의 제출→논리적 추론에 의해 조사→수수께끼의 해결'이라는 형식적 틀에 기초하여 플롯이 구성된다. 그러면 첫째, 수수께끼의 제출이라는 점에서 이 소설은 남편이 아내를 옛집에 유폐시키는 범죄가 제출된다. 둘째, 논리적 추론에 의해 사건을 조사하는 탐정이 존재하지 않는다는 점에서는 이 소설은 추리소설이 아니다. 셋째, 수수께끼의 해결이 이루어졌는가라는 관점에서 이 소설은 논리적 추론보다는 블로그 속 허구와 현실의 교차서술을 통해 남편이 의처증이라는 망상에 빠져들어 가는 과정을 보여준다. 이것이 수수께끼를 해결하는 논리적 추론과정으로 독자에게 받아들여질 수 있다. 따라서 이 작품은 추리소설은 아니지만 추리기법을 활용한 소설로 볼 수 있다.

「아내가 잠든 밤」에서 1인칭의 남편은 우연히 아내의 블로그에서 「새의 기억」이라는 제목의 소설 시놉시스를 발견한다. 그 글을 읽은 '나'는 처음에는 그것이 단순히 소설을 쓰기 위한 시놉시스, 즉 허구에 불과한 것으로 생각했다. 하지만 "밤이 늦도록 아내는 돌아오지 않았고 전화기는 꺼져" 있자 순간 웨딩 플래너인 아내가 '아이가 없는 유부녀이자 웨딩 플래너'라는 직업을 가진 소설 속 주인공 이렌의 모델이 아닐까

하는 의심을 강하게 갖게 된다. 이렇게 아내에 대해 의심을 품기 시작한 남편은 독자를 가장하여 댓글로 블로그 속 외도 이야기가 작가의 체험과 관계가 있는 것인가를 질문하고, 아내로부터 그 이야기가 체험에 바탕을 둔 것이라는 대답을 듣는다. 아내의 부정을 확신한 남편은 아내의 생일날, 레스토랑에서 파티를 하면서 아내의 와인에 수면제를 넣어 잠재운 뒤 아내를 아내의 옛집에 유폐시킨다. 소설의 서두는 바로 남편이 아내를 옛집에 유폐시키는 장면으로부터 시작된다.

이 작품의 반전은 결말에서 이루어지는데 아내가 생일 전날 블로그에 올린 댓글이 그것이다. "이 이야기가 작가의 체험과 무관한 것은 아니라고 했죠. 궁금증을 해소하기 위해 밝혀둡니다. 이것은 제 부모님의 이야기를 토대로 지어낸 이야기랍니다."란 글이다. 시놉시스의 이렌의 이야기는 아내의 이야기가 아니라 아내의 어머니 이야기였다. 그 글을 남편은 너무 늦게 읽은 것이다.

흔히 의처증(의부증)으로 불리는 부정망상(delusion of infidelity)은 다른 정신과적인 증세가 없는데도 배우자가 성적으로 부정한 행동을 하여 자신이 피해를 입고 있다고 느끼는 상태를 말한다. 이 부정망상은 망상적인 증거를 기본으로 한다. 대부분의 정상적인 사람들은 배우자를 의심하다가도 아니라는 증거가 확실하면 믿게 되는데, 이 질병을 가진 환자들은 증거가 확실해도 믿지 않고 오히려 배우자가 부정하다는 증거를 찾고 싶어 한다. 주로 편집증적 성격을 지닌 사람에게서 많이 나타나는 부정망상은 의존성이 강해서 배우자가 옆에 있어야만 안심하는 사람, 질투가 많고 독점력이 강한 성격의 사람에게 많이 발생한다. 또 심리적으로 배우자에 대한 열등감, 동성애적 경향, 자신의 마음속에서 부정한 행동을 하고 싶은 욕구가 있을 때 이러한 망상이 나타날 수 있다고 한다.

남편은 늘 늦게 귀가하는 아내에 대한 의심을 풀지 않은 채 블로그에 댓글을 단 아내의 여고동창생인 강지수(시나몬이란 아이디)를 만나 아내의 부모가 교통사고로 돌아가신 것이 아니라 실은 어머니의 외도로 인해 아버지가 어머니를 죽이고 아버지는 자살을 했다는 사실을 아내가 숨겨왔다는 사실을 알게 된다.

강지수를 만나고 돌아가며 남편은 "아내의 시놉시스는 아마도 실제와 상관없는 이야기일지도 모른다는 생각이 들었다. 아내의 옛집을 허물고 새집을 지어주고 싶었다."라고 생각한다. 또한 아내의 옛집에 다녀온 후에도 소설 속의 이야기는 단지 창작일 뿐이라고 치부한다. 그럼에도 시간이 날 때마다 아내의 블로그를 열었고, 새롭게 올라온 아내의 글은 점점 그의 신경을 자극한다. 남편은 점차 아내를 의심하는 부정망상으로 빠져들어 갔던 것이다. 그의 아내에 대한 집착이 심할수록 더욱 의심의 수렁에서 빠져나올 수 없었다.

> 강지수를 만나고 아내의 옛집까지 다녀온 이후, 아내의 블로그 글은 창작일 뿐이라고 치부했지만, 시간이 날 때마다 블로그 창을 열었다. 아내의 글은 올라와 있었고 묘하게도 그 글은 내 신경을 자극했다. 이렌이 웨딩 플래너였고 아이가 없는 유부녀라는 캐릭터가 자꾸 뒷덜미를 잡아챘다. 어쩌면 나를 감쪽같이 속이고 있는 것인지도 모르겠다는 생각에서 놓여나지 못했다. 의구심이 생기면서 아내에 대한 집착이 더 거세어지는 걸 느꼈다. 다른 일을 하다가도 멍하니 아내의 시놉시스 생각이 나기가 일쑤였다.

사실 남편인 '나'는 자신의 촌스러움을 단번에 벗겨줄 액세서리 같은 여자인 아내를 세 번 정도 만난 후 청혼하고 급하게 결혼한 상황이었다. 즉 아내에 대해서 제대로 알지 못하는 상태에서 결혼했던 그는 세련된 외모의 아내에 대해 외모상의 열등감을 갖고 있었다. 그래서 아내의 뒤를 밟아 아내가 만나는 남자를 보게 되자 "스스로에 대한 초라함이 더 심하게 느껴졌다. 언젠가 투박한 외모의 나를 저버리고 세련된 외모의 저 남자를 선택할지도 모른다는 불안감이 나를 휘감았다."와 같은 불안감에 휩싸인다.

이와 같이 「아내가 잠든 밤」이 보여주고 있는 새로운 기법들—두 가지 이야기의 교차서술, 과거와 현재의 시간적 순서를 어긋나게 함으로써 낯설게 하기의 효과를 자아내는 시간적 아나크로니(anachrony), 그리고 추리기법의 활용—을 작가 김민혜는 보다 과감하게 시도할 필요가 있다. 소설, 아니 모든 예술은 형식상의 새로움을 추구하거나 내용상의 새로움을 추구할 때 가치를 인정받을 수 있다. 새로움의 추구에 보다 적극적일 것을 권한다.

2. 자본주의를 야유하는 「정크 퍼포먼스」

두 번째로 관심을 끈 작품은 「정크 퍼포먼스」이다. 이 작품은 자본주의에 대한 신랄한 야유를 보여주는 작품이다. 이 작품에 등장하는 인물들은 종묘상을 하다가 폐업을 한 박주원과 정크 아티스트 문시우, 그리고 중고자동차 중개업자 강만길이다.

아들과 아내를 캐나다에 보내고 홀로 살고 있는 기러기 아빠 박주원은 새벽 거리를 산책하던 중에 화단에서 발견한 오만 원권, 만 원권, 오천 원권, 천 원권이 뒤섞인, 박스에 든 돈을 누군가 버린 것이라고 확신한다. 따라서 그는 이 돈을 경찰에 갖다주는 대신 "색다른 방법으로 처분하고 싶다는 욕심", "맹물같이 밍밍한 자신의 생활에 활력소가 되는 일이라면 무슨 짓이라도 저지르고 싶은 심정"으로 정크 아티스트 문시우를 찾아간다. 폐쇄된 기차역에서 강만길이 제공한 "보닛이 떨어져 엔진 룸이 훤히 드러나 있고 문짝도 없는 자동차"를 소품 삼아 문시우는 온몸에 돈을 덕지덕지 바르고 '문시우 작가의 정크 퍼포먼스-돈의 재활용'이라는 제목의 퍼포먼스를 행한다. 그리고 '돈을 떼어가도 좋습니다.'라고 적힌 피켓을 옆에 놓아둔다. 이 행위예술의 의도는 "물욕을 추구하는 인간의 비루한 모습"에 대한 풍자이다. 그러나 처음에 야유를 보냈던 사람들도 사뭇 숙연한 자세로 퍼포먼스를 바라보며 휴대폰으로 사진을 찍는 사람은 있었지만 예상과 달리 아무도 돈을 떼어가는 사람은 없었다. 작가는 다음과 같이 이 소설을 끝맺는다.

> 사람들은 예술 작가의 몸도 예술작품처럼 감히 건드리면 안 되는 것으로 생각하는 모양이었다. 아니면 정말이지 이제 돈이라면 넌더리가 난 것인지도 몰랐다. 바람이 한 차례 불어왔다. 문시우의 몸에 붙어 있던 지폐들이 서걱대며 가볍게 너펄거렸다.

1950년대부터 활성화되기 시작한 정크 아트(Junk Art)는 인류의 산업 혁명이 발전하면서부터 시작되었다. 왜냐하면 산업화 이후 쌓이는 산업폐기물들은 이전 시대에 버려진 쓰레기 총량을 넘어설 만큼 심각해졌기 때문이다. 1950년대 이후 환경오염은 더욱 가속화되었고, 이에 따라 정크 아트도 발전하게 되었다. 현대 미술의 가장 두드러진 특징 중 하나는 바로 폐기물을 활용한 정크 아트이다. 폐기물로 된 소재를 활용하는 새로운 시도는 우리에게 지속 가능한 지구를 위한 생태주의적인 사상을 표현하고 있다. 미술이라는 형식 하에서 쓰레기를 바라보는 현대인들은 그 안에서 인간 욕망의 허구성을 통찰하게 된다. 어떤 의미에서 예술은 한 시대의 시대사조와 철학을 상징하는 일종의 퍼포먼스이다.

작가의 생태주의적인 사고를 반영하고 있는 인물 박주원은 아버지가 하던 종묘상을 물려받아 이십 년 동안 운영했지만 손님의 발길이 끊겨 점포와 빌딩을 처분하여 자신이 살 소형 아파트를 얻을 돈과 최소생활비만을 남기고 유학 간 아들을 따라간 아내에게 주어버린다. 그는 가족들과 떨어져 고립무원의 상태에서 장조림, 꽁치, 골뱅이, 번데기 등 통조림에 든 정크 푸드와 자장면이나 짬뽕 등 배달음식으로 끼니를 해결하며 "정작 갖고 싶은 것은 돈으로 살 수 없는 것이었다. 갑자기 콧등이 시큰해지고 눈시울이 촉촉해"지는 인물이다.

박주원의 아버지는 "한 알의 볍씨가 수백 개의 알곡으로 수확된다는 것에 대단한 자부심을 느끼는 사람이었다. 땅에 뿌리는 것은 절대 배신하지 않고 정직한 대가를 갖다준다고 강조했"던 사람이었다. 즉 제1의 물결 시대에 맞는 농경사회적 사고방식을 가진 인물이었다. 하지만 산업구조가 농경사회에서 산업사회로 달라지면서 종묘상은 더 이상 돈을 벌어들이지 못했을 뿐만 아니라 "컴퓨터나 스마트폰으로 종묘를 구입하는지 모를 일이지만 손님이 점점 줄어 가게를 처분하거나 업종변경이라는 수순"을 받아들이지 않을 수 없었다. 즉 유통구조가 오프라인에서 온라인으로 변화된 제3의 물결 시대에 박주원의 종묘상 폐업은 어쩔 수 없이 받아들여야 할 수순이었던 것이다. 문시우에 의하면 "이 도시 좀 봐요. 사방에 치솟은 높은 빌딩 보이지요. 아래는 또 온갖 오물이 흐르고 있을 것 아닙니까. 이 도시에는 뭔가 심어 생명을 키우는 일이 진짜 필요한 거라 말입니다."라고 했지만….

박주원뿐만 아니라 문시우도 가족 해체 하에서 혼자서 숙식을 해결해야 하는 독거남이 되고 말았다. 문시우의 가족은 그에게 일감이 뚝 떨어진 데다가 작업실에 화재가 나 원치 않는 이산가족이 되고 말았다. 그의 아이들은 외가로, 아내는 처형 집으로 가 식당 일을 도우며 뿔뿔이 흩어져 살고 있다.

박주원은 성적이 뜻대로 오르지 않자 캐나다로 유학 간 아들의 뒷바라지를 위해 아내가 떠나버린 기러기 아빠이고, 문시우는 같이 모여 살 집을 마련할 돈이 없어 가족들이 흩어져 살아가고 있는 상황이다. 사람들이 소비하다 버린 중고자동차를 중개하는 강만길까지 포함하여 이들은 성취만능의 사회, 황금만능의 자본주의 사회의 아웃사이더이자 소비자본주의 사회의 어둠을 상징하는 존재들이다.

자본주의 사회에 살고 있는 현대인들은 물질적 욕망과 감각적 쾌락의 홍수 속에서 허덕이고 있다. 그 속에서 현대인은 마음의 안정을 찾지 못한 채 들떠 있다. 속으로 차분히 침잠할 줄 모르고 끊임없이 밖으로 뛰쳐나가려고만 한다. 소설 「정크 퍼포먼스」는 '돈'을 자본주의의 우상이 아니라 '정크'로 취급해버리는 퍼포먼스를 통해 자본주의에 대한 신랄한 야유를 보낸다. 퍼포먼스(performance)는 미술가의 신체를 이용하여 표현하는 행위이다. 돈의 본래적인 기능을 왜곡시켜버리는 문시우의 퍼포먼스는 자본의 노예가 된 현대인들에게 돈의 진정한 의미, 자본주의적 삶에 대해서 성찰하게 만든다.

3. 상처받은 인물들

「명랑한 외출」은 우리 사회의 가족의 위기를 보여주는 작품이다. 아버지가 그녀와 어머니를 버렸듯이 그녀 역시 그녀의 교통사고 수사를 맡았던 경찰과 결혼제도 밖에서 낳은 아이를 경찰이 양육비를 주지 않자 동물원에 유기한다. 의사와 교수로 성공한 아들들이 있음에도 돌보지 않아 고독사하는 노파를 비롯하여 이 작품은 현대사회에서 가족이라는 혈연 공동체가 이미 와해되어버렸음을 보여준다. 가족에 대한 가치와 규범이 파괴되고 더 이상 정서적 지지 기능, 사회화 기능, 보호 기능 등 전통적인 가족의 기능이 제대로 수행되지 않고 있다. 가족은 수평적 관계에서도 수직적 관계에서도 이미 위기에 빠져 붕괴되고 있다. 「범어의 향기」, 「물속의 밤」, 「인터미션」, 「마블쿠키」 등의 소설은 가족관계나 남녀관계에서 상처받은 인물들이 등장한다. 이 소설들은 사회적 시대적 의미가 배제된 채 조금씩 다르지만 비슷비슷하게 상처받은 인물들이 반복적으로 등장하는 경향이 있다. 작가는 그 상처의 의미들을 좀 더 깊이 있게 천착하여 들여다볼 필요가 있을 것이다. 그리고 그 상처가 가진 실존적 또는 사회적 의미와 그 인물들이 그들의 상처를 치유하는 과정까지 그려나간다면 좋을 것이다.

| 작가의 말 |

나이 마흔 무렵에 직장을 쉬고 있을 때였다. 문득 글을 쓰고 싶다는 욕구가 일어났다. 그동안 사회의 시선이나 주변의 필요에 따라 알맞게 버무려진 삶이었다면 더 이상 타자를 의식하지 않고 나의 내밀한 욕구와 마주하고 싶었다. 내 삶의 터닝 포인트가 필요한 시점이었다. 처음으로 수필을 한 편 써서 신문사에 보냈고, 그 글은 문화면 '여성글밭'에 실렸다. 약간의 자신감을 얻은 나는 책을 읽으며 수필을 몇 편 쓰다 이듬해 소설로 방향을 틀어 십여 년 소설농사를 지었다.

이제 소설가로 전업한 후 첫 수확물을 조심스레 내민다. 독자의 냉철한 심판대에 서는 일이 기꺼울 수는 없지만 누군가의 황량한 영혼에 따스한 단비가 되기를 바라는 마음이다. 이 책은 내 욕망과 결핍의 발화점이자 청산의 의미이기도 하다. 이제는 편견 없는 세상을 바라보고, 시대의 환부를 드러내기 위한 나만의 렌즈를 맑게 닦으며 막막한 시간을 견디겠다.

언제 작가가 되는가가 아닌, 언제 좋은 소설을 쓰는 역량을 가질 수 있을까에 대한 물음이 늘 떠나지 않았다. 앞으로 나아간다고 생각했지만 더 멀어졌고, 채우면 채울수록 더 목이 말랐다. 때로는 풀 한 포기 없는 뜨거운 사막을 끝없이 걷는 느낌이었다. 이 사막의 끝에는 오아시스가 있다는 보장도 없으며 이미 발걸음을 돌릴 수조차 없는, 중간지점에 서 있다는 고민이 다가오기도 했다. 그럼에도, 소설가로 불리는 삶을 더 이어갈 것이다. '한국문학'이라는 크고 튼실한 나무를 키워내는 밑거름이 될 수 있다면, 그 언저리에서 늘 서성이고 있을 것이다.

이제 백 미터 달리기 코스를 마친 느낌이다. 소설쓰기는 마라톤이라는데, 스스로를 재촉하지 않고 긴 호흡으로 갈 것이다. 지금까지 천천히 걸어왔듯이 앞으로도 주변을 둘러보고 음미하면서, 여정을 즐기며 천천히 걸어가겠다. 출발선에 서기까지, 신발 끈을 다시 매고 뜸을 들일 시간은 충분히 있을 것이다.

소설집을 묶는 데 도움을 준 도서출판 산지니 관계자 분들, 작품론을 흔쾌히 맡아주신 송명희 평론가님께 감사드린다.

좋은 소설의 전범을 보여준 모든 선배 작가님들, 작가의 길로 이끌어주신 스승님들께 존경의 마음을 담아 감사드린다. 소설을 매개로 소통한 이혜경 문우에게 우정 어린 고마움을 전하며 문학을 사랑하는 모든 이들의 삶이 더욱 자유롭고 윤택해지기를 기원한다.

2017년 10월

김민혜

| 수록작품 발표지면 |

정크 퍼포먼스 (『동리목월』 당선작, 2015년 여름호)

범어의 향기 (2015년 제2회 금샘문학상 당선작, 『금정문화』 겨울호)

명랑한 외출 (『작가와 사회』, 2016년 여름호)

케이트 (『좋은 소설』 2016년 가을호)

물속의 밤 (『월간문학』 당선작, 2015년 6월호)

아내가 잠든 밤 (『한국소설』, 2016년 1월호)

마블쿠키 (『동리목월』, 2016년 가을호)

인터미션 (『월간문학』, 2017년 5월호)

명랑한 외출

초판 1쇄 발행 2017년 11월 20일
2쇄 발행 2018년 12월 7일

지은이 김민혜
펴낸이 강수걸
편집장 권경옥
편집 정선재 윤은미 이은주 강나래
디자인 권문경 조은비
펴낸곳 산지니
등록 2005년 2월 7일 제333-3370000251002005000001호
주소 부산시 해운대구 수영강변대로 140 BCC 613호
전화 051-504-7070 | 팩스 051-507-7543
홈페이지 www.sanzinibook.com
전자우편 sanzini@sanzinibook.com
블로그 http://sanzinibook.tistory.com

©김민혜
ISBN 978-89-6545-451-9 03810

* 책값은 뒤표지에 있습니다.
* 이 도서의 국립중앙도서관 출판예정도서목록(CIP)은 서지정보유통지원시스템 홈페이지(http://seoji.nl.go.kr)와 국가자료공동목록시스템(http://www.nl.go.kr/kolisnet)에서 이용하실 수 있습니다.(CIP제어번호: CIP2017028749)